ULLSTEIN

Das Buch

Um den Festtagen in ihrer jeweiligen Heimat auszuweichen, wollen Ralf Sotscheck (Dublin) und Carola Rönneburg (Berlin) ihre Wohnungen während der Weihnachtszeit tauschen. Darf man jedoch einen Freund ins Unglück laufen lassen, ohne ihn vorher zu warnen? Ist es nicht geradezu ein Gebot der Höflichkeit, auf landestypische Weihnachtskatastrophenszenarien hinzuweisen, die man selbst erlebt hat und die sich jederzeit wiederholen könnten? Anläßlich der Schlüsselübergabe auf einer walisischen Autobahnraststätte kommt es zwischen den beiden Flüchtenden zu einem Erzählwettstreit um die abschreckendste Weihnachtsgeschichte …

Die Autoren

Ralf Sotscheck ist Irland- und Großbritannienkorrespondent der *taz*. Er ist Autor mehrerer Bücher zu irischen und britischen Themen, zuletzt *Im Auge des keltischen Tigers*, Wien 2001.
Carola Rönneburg lebt in Berlin und betreute bis 2001 als »Die Wahrheit«-Redakteurin der *taz* unter anderem die Kolumnen ihres Kollegen Ralf Sotscheck. Sie führt heute die Redaktion der kulinarischen Kampfschrift *Häuptling Eigener Herd*.
TOM, 1960 im sonnigen Südwesten geboren, zeichnete bereits 1964 erste Witze mit Buntstift. Seit 1991 veröffentlicht er unter dem Titel *Touché* seine Cartoons in Tusche täglich in der *taz*.

Ralf Sotscheck
Carola Rönneburg

Christstollen mit Guinness

Eine deutsch-irische Bescherung

Ullstein

Besuchen Sie uns im Internet:
www.ullstein-taschenbuch.de

Umwelthinweis:
Dieses Buch wurde auf chlor- und säurefreiem Papier gedruckt.

Ullstein Verlag
Ullstein ist ein Verlag des Verlagshauses Ullstein Heyne List GmbH & Co. KG
Dezember 2002

Umschlaggestaltung: Thomas Jarzina, Köln
Titelabbildung: Zefa, Düsseldorf
Druck und Bindearbeiten: Ebner & Spiegel, Ulm
Printed in Germany
ISBN 3-548-25576-0

Inhalt

Unser Dank gilt allen, die unseren Vorweihnachtswahn mit Geduld ertragen oder ihn sogar tatkräftig unterstützt haben, besonders

Áine, Fionn und Ciara, Karena Byrne, Trutz Haase, Robbie Gilligan, Mary Quinn, Anne O'Neill, John Meehan, Anne O'Leary und Brendan Young; Arpad Dobriban, Wiglaf Droste, Barbara Häusler, Stefanie Lässig, Michael Ringel, Jürgen Roth, Harry Rowohlt, Angela Reinicke, Hans-Christian Oeser und Jürgen Schneider.

Vorwort

Weihnachten – nichts wie weg. Aber wohin? Anderswo ist der Weihnachtsrummel möglicherweise noch viel schlimmer. Carola Rönneburg aus Berlin und Ralf Sotscheck aus Dublin beschließen, für ein paar Wochen die Wohnungen zu tauschen – nicht ohne sich vorher gegenseitig über die Sitten und Gebräuche im jeweilig anderen Land zu informieren. Dazu treffen sie sich unterwegs, die eine auf dem Weg zur Grünen Insel, der andere in Richtung deutsche Hauptstadt.

Llanddulas liegt an der walisischen Nordküste bei Colwyn Bay. Die A 55, eine mehrspurige Schnellstraße, schneidet den Ort vom Meer ab. Damit die Leute überhaupt an den steinigen Strand gelangen können, hat man eine Fußgängerbrücke von einer Raststätte über die Straße gebaut. Früher war das hier eine ruhige Gegend, manchmal kamen ein paar Touristen, um sich die Burg Gwrych aus dem 19. Jahrhundert anzusehen, doch seit es die Schnellstraße nach Holyhead gibt, wo die Fähre nach Irland ablegt, herrscht Tag und Nacht Durchgangsverkehr. Autofahrer sparen eine Menge Zeit, weil sie sich nicht mehr auf der A 5 durch die walisischen Berge winden müssen, aber die Nordküste ist verschandelt. Bei Conwy, etwas weiter westlich von Llanddulas, haben sie einen Tunnel aus Stahl und Beton in den Berg gesetzt.

Aber Frau Rönneburg und Herr Sotscheck sind nicht wegen der Landschaft hier, sie haben einen langen Abend vor sich. Dort, wo die Fußgängerbrücke zum Strand führt, steht das Rasthaus »Little Chef«, eine Unternehmenskette, deren Filialen an vielen britischen Landstraßen zu finden sind. In der Einrichtung unterscheiden sie sich kaum: helle Tische, Holzgitter, die den Raucherbereich abtrennen, eine lange Theke, am Ende eine Kasse. Weil »Little Chef« kinderfreundlich ist, gibt es im Garten einen Spielplatz und, für regnerische Tage, im Restaurant eine Spielecke. Die Filiale in Llanddulas hat darüber hinaus etwas Besonderes zu bieten: Es war einer der ersten Läden, in denen Tonbandkassetten mit Werken der Weltliteratur verkauft wurden. Über Lautsprecher läuft, leise im Hintergrund, durchaus passend für die Absichten der beiden Weihnachtstauscher »A Christmas Carol« von Charles Dickens.

Die beiden setzen sich ans Fenster in den Raucherbereich, und weil man später weiterfahren will, in entgegengesetzte Richtungen, bestellen sie zunächst Kaffee und Apfelkuchen. Beim Bezahlen händigt die Kassiererin ihnen zwei Rubbellose aus: Drei gleiche Symbole gewinnen. Die Preise sind Brot mit Butter, eine Suppe oder eine Tasse Kaffee, wahlweise Tee. Es gibt dabei keine Nieten, das wird schnell klar: Frau Rönneburg gewinnt ein Süppchen, Herr Sotscheck eine Tasse Tee, doch die Kassiererin erklärt, der Gewinn sei erst beim nächsten Besuch einzulösen. So gehen die beiden vor die Tür, schnappen ein wenig winterliche Meeresluft und betreten das Rasthaus erneut. Die Kassiererin gibt sich geschlagen, beim Einlösen der nächsten 22 Gewinne in den folgenden Stunden erspart sie ihnen das Ritual des Hinausgehens und Wiederhereinkommens.

Frau Rönneburg hat ein Buch mitgebracht: »Bald ist Weihnachten«. Daraus liest sie etwas vor, um eine vorweihnachtliche Stimmung und den richtigen Rahmen für die folgenden Stunden zu erzeugen: »Die geschichtlichen Wurzeln dieses in der Heiligen Nacht nahezu alle Menschen vereinenden Festes der Geburt eines Kindes verlieren sich im Dunkel früher Vergangenheit – die heutige Sinngebung kann, obwohl sie uns so selbstverständlich authentisch alt erscheint, nicht für sich in Anspruch nehmen, ursprünglich zu sein, und wer weiß, was in der ewigen Reihe geschichtlicher Veränderungen spätere Generationen dereinst im Sinn des Weihnachtsfestes suchen. Nicht Flucht vor den Weihnachtstagen oder Kritik ohne Ausweg werden uns helfen, sondern Spontaneität, Ideen und Freude an individueller und selbstbewußter Gestaltung der Weihnachtszeit.«

Frau Rönneburg und Herr Sotscheck haben sich jedoch zur Flucht entschlossen. Weil man Freunde aber nicht ins offene Messer laufen läßt, tauschen sie sich über die Festlichkeitstücken in ihren Ländern aus, damit beide gut gewappnet Weihnachten in der Fremde begehen können. Wo gibt es die nichtnadelnsten Weihnachtsbäume in Dublin? Was ißt der Berliner, wenn er keine Gans ißt?

Warum werden irische Kirchen am Heiligabend von Sicherheitspersonal bewacht? Und worauf muß man achten, wenn eine Berliner Bastelgruppe Strohsterne montiert? Es wird eine lange Nacht im »Little Chef« in Wales.

Nichts wie weg

Sie werden es erleben, Frau Rönneburg: Bereits die weihnachtliche Anreise nach Irland ist ein Erlebnis. Hunderttausende von Emigranten, die ihr Geld im Ausland gemacht haben, kommen zu Weihnachten nach Hause. Auf den Schiffen und in den Flugzeugen finden regelrechte Partys statt. Auf einem Flug nach Dublin drei Tage vor Weihnachten habe ich eine solche Feier einmal erlebt. Die Stewardessen schenkten Freigetränke aus bis zum Abwinken, selbst beim Landeanflug wurde noch gebechert. In den hinteren Reihen hatten sich Leute zusammengefunden, die aus vollem Halse Lieder sangen: Weihnachtslieder, Trinklieder, Rebellenlieder – Hauptsache laut. Das Rauchverbot wurde durch einfachen Mehrheitsbeschluß aufgehoben.

Eine ältere Dame im Tweedkostüm, die anfangs mit einem vornehmen englischen Akzent sprach, hatte sich mit einer Batterie von Gin and Tonic eingedeckt. Mit jedem Mini-Fläschchen, das sie leerte, kam ihr Dubliner Akzent stärker zum Vorschein. Zum Schluß erzählte sie derbe Witze, die ihrer Freundin, die kaum etwas getrunken hatte, die Schamesröte ins Gesicht trieben. Zwei belgische Touristen, die das bunte Treiben mit Sorge beobachteten, erkundigten sich in regelmäßigen Abständen nach dem Befinden des Piloten, der die Maschine aber sicher nach Dublin brachte.

Dort ging die Party auf dem Flughafen gleich weiter, ganz Dublin war versammelt, um irgendwelche Verwandtschaft abzuholen. Es gab einen Rückstau bis in die Gepäckhalle, weil jeder, der in die Ankunftshalle trat, erstmal von einem Dutzend Menschen geherzt wurde. Solange mußten die Nachfolgenden warten, es bildete sich eine lange Willkommenumarmungsschlange. Nach erfolgter Begrüßung zerrte man die Ankömmlinge sogleich in den Pub am Ende der Ankunftshalle, um ihnen ein Glas des schwarzen Nationalgetränks zu verabreichen, auf das sie ja so lange verzichten mußten – als ob sie nicht im Flugzeug schon abgefüllt worden wären. Aber das zählt nicht, denn das war nicht auf Heimatboden, und Guinness schmeckt nun mal am besten in Dublin.

Auf den Schiffen geht es um die Weihnachtszeit schlimmer zu als im Flugzeug, weil die Passagiere nicht auf die Gnade der Stewardessen angewiesen sind, sondern sich die Getränke an den diversen Bars selbst holen können. Im Grunde sind die Fähren schwimmende Wirtshäuser, jedenfalls zu Weihnachten. Manchmal geht die Sache aber schief. Ich wollte einen Bekannten von der Fähre aus dem walisischen Holyhead abholen, doch wegen des schlechten Wetters, das im Dezember besondere Tücken hat, konnte das Schiff nicht im Dubliner Hafen anlegen. Viermal versuchte es der Kapitän, mußte aber immer wieder abbrechen und aufs offene Meer hinaus. Schließlich gab er auf und ankerte vor der Küste. Als die Fähre am nächsten Morgen endlich anlegen konnte, waren fast alle Passagiere wegen der Mischung aus Alkohol und Seegang tiefgrün im Gesicht. Mein Bekannter trank bis Jahresende keinen Tropfen mehr, aber Neujahr war ja nicht allzuweit entfernt. Ich will Ihnen aber keine angst machen, Frau Rönneburg, es soll auch Tage mit ruhigem Seegang geben, und auf meiner Überfahrt vorhin mußte ich mich nur zweimal übergeben.

Mr. Murphy mußte sich dagegen bei der Vorstellung von Weihnachten mit Schwiegermutter und zwei alten Tanten übergeben. Die Schriftstellerin Val Mulkerns beschreibt in einem ihrer Bücher ein Gespräch zwischen Mr. Murphy und seinem Vorgesetzten, dem alten Ebenezer, der jedes Jahr vor Weihnachten seine Familie verließ und erst nach den Feiertagen zurückkehrte: »Mit dem größten Vergnügen gebe ich Ihnen meinen Rat, lieber Murphy: besprechen Sie es nicht mit Ihrer Frau! Legen Sie ihr Weihnachtsgeschenk auf den Schrank, sagen Sie ihr liebevoll Lebewohl und reisen Sie ab! Das Leben der Ehefrauen wurde erst schwierig, als die Männer begannen, alle Probleme mit ihrer Frau durchzusprechen. Die traditionelle Methode war einfacher – und sogar, auf lange Sicht betrachtet, friedlicher.« Carola, um Himmels willen, du wirst doch nicht mit dem Weihnachtskuchen nach mir werfen. Ich habe lediglich eine Schriftstellerin zitiert, deren Erzählung vor langer Zeit spielt. Heutzutage, seit der Geburt des »keltischen Tigers« mit einem Wirtschaftswachstum, das alle anderen europäischen Länder in den Schatten stellt, verreisen immer mehr irische Familien über Weihnachten, aber gemeinsam. Sehr günstig sind um Weihnachten Flüge nach Island, weil die Isländer aus unerfindlichen Gründen ganz scharf darauf sind, ihre Weihnachtseinkäufe in Dublin zu tätigen. Um die Flugzeuge auf dem Rückflug voll zu bekommen, bietet die isländische Fluggesellschaft die Tickets zu Dumpingpreisen an. Allerdings fliegen sie zu unchristlicher Zeit, etwa um zwei Uhr nachts.

Manche fahren nach Lappland, um den Weihnachtsmann zu besuchen. Mit der Concorde von London kostet das Vergnügen umgerechnet mehr als 5.000 Mark, mit dem Bummelflugzeug bezahlt man nur ein Zehntel davon. Aber auch in Lappland ist nicht alles, wie es einmal war. Aus Großbritannien und Irland landen in den Wochen vor Weihnachten täglich bis zu 30 Flugzeuge in Rovaniemi im arktischen Kreis. Doch die Einwohner, die Sami, haben rebelliert, erzählte ein Nachbar, der mit seinen vier Kindern die Reise gemacht hatte. Ihre Kultur sei zu einem erbärmlichen Spektakel degradiert worden, beschwerten sich die Sami beim finnischen Fremdenverkehrsamt. Die Schauspieler, die als Sami auftreten, trügen die falschen Kostüme, seien betrunken und machten den Besuchern gegenüber obszöne Gesten. »Es ist überhaupt nicht komisch, daß sie unsere Kultur auf diese Art verkaufen«, sagte Maria Sophia Aikio vom finnischen Rat der Sami, denen etwa 100 000 Menschen angehören. Sie leben hauptsächlich von der Rentierzucht.

Für die Reiseunternehmen ist der Weihnachtsmanntourismus ein Riesengeschäft, mehr als 30 000 Besucher kommen in den paar Tagen vor Weihnachten. Ihnen wird ein »Santa-Park«, eine Art Rummel in Rot, geboten, darüber hinaus Ausflüge zu einer Rentierzucht, Fahrten mit dem Rentierschlitten und ein Besuch beim Postamt des Weihnachtsmannes, wo über eine Million Briefe im Jahr eingehen. Höhepunkt ist die Visite beim gutmütigen Weißbart selbst. Er sei »Hunderte von Jahren alt«, erklärt das Fremdenverkehrsamt, »und lebt in einer Holzhütte mit einem Rentier und zwei Elfen.« Das kann man alles fotografieren, gegen Bares, versteht sich. Eine Sprecherin des Fremdenverkehrsamtes sagte, die Sami sollen sich nicht so anstellen: »Sie glauben, nur sie allein haben das Recht, in Sami-Kostümen aufzutreten. Das Problem ist, daß die Finnen kein traditionelles Kostüm haben, und das der Sami ist wunderhübsch.«

Mein Freund Timothy war auch mal in Finnland, aber weiter südlich und eher unfreiwillig. Im Dezember hatte er seine neue Freundin kennengelernt. Man plante ein romantisches Weihnachtsfest zu zweit. Am Heiligabend rief eine Religionsgemeinschaft an, die hier nicht identifiziert werden soll. Es ging um einen Fotoband, in dem gezeigt werden sollte, wie die Sektenmitglieder in aller Welt Weihnachten nach Landessitte feiern.

»Ich zog den kürzesten Strohhalm«, sagte Timothy, der freiberufliche Fotograf: »Helsinki.« Fünf Stunden später war er in der finnischen Hauptstadt, die örtliche Sektensektion – vier Brüder in fortgeschrittenem Alter – war bereits informiert. Die Betbrüder hatten eine kleine Überraschung parat: Timothy, dem Iren, seien Saunafreuden wahrscheinlich unbekannt, so vermuteten sie. Das galt es zu ändern. Im Handumdrehen steckten sie den völlig übermüdeten Timothy in einen Glutofen. Als er beinahe gar war, holten die vier Höllenhausmeister ein paar Eschenzweige hervor.

»Ich mußte an den Kollegen denken, der bei der Auslosung Rio gezogen hatte«, meinte Timothy, »und der jetzt vermutlich mit einer Caipirinha an der Copacabana liegen würde, während ich von vier nackten Irren nach Landessitte mit Eschenzweigen ausgepeitscht wurde.« Danach scheuchten sie ihn in den Schnee, der sich aufgrund der milden Witterung aber in Schlamm verwandelt hatte.

Nachdem er wider Erwarten auch den Sprung in den See überlebt hatte, wollte Timothy endlich das Foto machen. Finnen, so hatte man ihm erzählt, zünden am Heiligabend eine Kerze auf dem Grab ihrer Mutter an. Das sei schwierig, meinten die vier Fotografenbräter, die Mutter sei im Norden Finnlands beerdigt, sechs Stunden Fahrzeit. »Ich wollte mit dem nächsten Flugzeug nach Hause, um von der Beziehung und vom Weihnachtsfest zu retten, was noch zu retten war«, sagte Timothy, und so überredete er seine Fotoobjekte, eine Kerze auf irgendeinem Muttergrab, notfalls auch einer Andersgläubigen, zu entzünden. Doch offenbar ist es mit der Tradition in Finnland nicht mehr weit her. »Auf dem Friedhof brannte keine einzige Kerze«, stöhnte Timothy, »die Szene war für ein Foto denkbar ungeeignet.« An einer Nachttankstelle besorgte er sich hundert Kerzen zum Nachttankstellenwucherpreis, erwürgte fast den Tankwart, der auf einen »romantischen Kerzenabend zu zweit« getippt hatte, und montierte die brennenden Wachsprodukte auf hundert Gräber. Endlich hatte er seine vier Peiniger mit weihnachtlicher Miene um ein passendes Grab inmitten des Kerzenmeeres gruppiert und sein Stativ aufgebaut, als er eine schwere Hand auf seiner Schulter spürte. »Jetzt nicht«, schrie Timothy, doch der Fremde ließ nicht locker: »Was machen sie denn hier am Grab meiner Mutter?« Timothy hat das Flugzeug dann doch verpaßt. Seine Freundin schenkte ihm später ein Buch von George Bernard Shaw mit dessen Gedanken über Weihnachten:

»Wie alle intelligenten Menschen verabscheue ich Weihnachten. Es widerstrebt mir zutiefst mitanzusehen, wie eine ganze Nation das Musizieren vernachlässigt, bloß damit jedermann unter dem gespenstischen Vorwand allgemeiner Feierlichkeit die Taschen seiner Nachbarn ausplündern kann. Wirklich eine abstoßende Institution, dieses Weihnachten. Wir müssen uns vollfressen und betrinken, nur weil Weihnachten ist. Wir müssen Sanftmut und Freigebigkeit heucheln, Dinge kaufen, die kein Mensch haben will, und sie Leuten schenken, die wir nicht mögen. Was mich betrifft, werde ich vor dem Ganzen morgen oder übermorgen die Flucht ergreifen, in irgendeine entlegene Gegend fern dem Trubel und den Geschäften, wo mir nichts Schlimmeres widerfahren kann, als daß mir ein paar Bauern die Ohren mit einem Weihnachtslied vollsingen.«

GUINNESS
©TOM

Josef war ein Egoist

Meiner Ansicht nach gibt es nur wenig Schlimmeres als ein Weihnachtslied. Vor wenigen Monaten fiel mir das wieder auf: Da zeigte ein regionales Fernsehprogramm im Rahmen seiner Berichterstattung vom Duisburger Jazzmarathon eine französische A-capella-Formation, die bei hochsommerlichen Temperaturen »eine deutsche Chanson« intonierte: »O Tannebaum«. Fünfstimmig.

Trotz meiner Freude über die albernen Franzmänner löste der Gesang bei mir sofort eine Weihnachtsliedassoziationskette aus. Alle Strophen von »Süßer die Glocken nie klingen« fielen mir ein, »Morgen kommt der Weihnachtsmann« und, unvermeidlich, die ewige Nummer eins in den Weihnachts-Charts: »Stille Nacht«. Wahrscheinlich ist das kein Wunder, beginnt doch die Vorweihnachtszeit auf Wunsch des Einzelhandels inzwischen schon im Oktober – drei Monate Weihnachtsliedberieselung sollten tatsächlich reichen, die Bevölkerung übers ganze Jahr hinweg textsicher zu machen.

Die meisten Lieder konnte ich allerdings schon als Kind auswendig. Oder jedenfalls fast auswendig. Im Alter von fünf Jahren, erzählte mir meine Mutter einmal, saß ich selbstvergessen unter dem Wohnzimmertisch und sang »Auf dem Berge, da wehet der Wind / da scheuert Maria ihr Kind.« Heute wissen wir das besser: Zwar wehte dereinst der Wind auf dem Berg und um Maria und ihr Kind herum, doch Jesus wurde, soviel steht fest, gewiegt und nicht gescheuert.

Ich war mir damals aber ganz sicher, daß es »scheuert« hieß, und zwar im Sinne von »schrubben«. »Auf dem Berge, da wehet der Wind« war ein Badezimmerlied, in dem es um Jesus und seine Mutter und einen Waschvorgang ging. Schließlich hatte ich oft genug zugesehen, wie mein kleiner Bruder gebadet wurde – wenn auch nicht auf einem Berg –, und natürlich war auch das Jesuskind in die Wanne gesteckt worden. Das alles war sehr, sehr lange her. In meiner Vorstellung wurde Jesus deshalb nicht wie mein Bruder in einer hellgrünen Plastikschüssel gesäubert, sondern in einer altmodischen Sitzbadewanne aus Zink, wie ich sie bei dem Gerümpel auf unserem Dachboden entdeckt hatte.

Der Wind, soviel war mir klar, war das größte Problem. Jeder, der einmal ins warme Wasser gestiegen ist, will da nicht wieder raus, vor allem nicht, wenn das Fenster geöffnet ist. Arme Maria, armer Jesus: Kein Gastwirt hatte sie aufnehmen wollen, und nun auch noch das, ein Freiluftbad im Wind, weit oben auf einem der spitzesten Berggipfel. Sie taten mir leid.

Das gilt auch heute noch, nachdem dieses und andere Mißverständnisse – »Es ist ein Ros' entsprungen« handelt nicht von einem kleinen Pferdchen – ausgeräumt sind. Die Zustände auf dem Berg, wo der Wind weht, sind mitleiderregend. Maria wiegte also ihr Kind »mit ihrer schlohengelweißen Hand«: Daran sieht man, wie kalt ihr gewesen sein muß. Und: »Sie hat dazu kein Wiegenband«. Heißt: Sie besaß kein bewegliches Kinderbett, an dessen Ende sie nur in Abständen an einer Schnur ziehen mußte, um den Sohnemann hin- und herzuschaukeln. Inzwischen wird der direkte Körperkontakt zwischen Mutter und Baby ja in allen Erziehungsratgebern gepriesen, damals war man aber noch nicht so weit. Außerdem war es bekanntermaßen windig, weshalb Maria ihren Begleiter anflehte: »Ach Josef, ach Josef, ach Josef mein; ach, hilf mir doch wiegen mein Kindelein.«

Hier treffen sich Vergangenheit und Gegenwart. Schon als Kindergartenbesucherin erschien mir diese Bitte logisch. Warum sollte Josef nicht auch einmal das Kind wiegen, noch dazu, wo doch kein Wiegeband vorhanden war? Aber wie antwortete Josef? So: »Wie soll ich dir helfen, das Kindlein zu wiegen? Ich kann ja kaum selber die Finger biegen.« Das fand ich ungerecht. Maria war kalt, Josef war kalt, und Jesus war ganz bestimmt kalt, denn schließlich war er zu allem Überfluß naß. Und naß bzw. »nackt im Wind« – wir erinnern uns an den deutschen Hit im Rahmen des großen Band-aid-Konzerts von 1985– ist keine schöne Angelegenheit. Doch auf Josef war kein Verlaß. »Ich kann ja kaum selber die Finger biegen«, rechtfertigte er sich.

Was für eine Memme! Welch Egoist! Rückblickend könnte man aber auch sagen: Josef verhielt sich nicht anders als der Mann des 20. Jahrhunderts, der mit einem bzw. seinem Ungemach immer schlimmer zu hadern hat als andere Menschen. Maria wird es nicht leicht gehabt haben mit Josef Jammerlappen. Ich wette, er behauptete schon bei einem leichten Schnupfen, im Sterben zu liegen. Und während der Geburt von Jesus klagte er bestimmt zwischen Marias Wehen über einen unerklärlichen Schmerz in der rechten Wade, der einfach nicht fortgehen wolle.

Es ist von daher gar nicht so seltsam, daß in diesem Lied nach Josefs Versager-Zweizeiler nicht Maria an der Reihe ist zu singen, vielleicht mit den Worten »Ach Josef, ach Josef, sei endlich ein Mann / wiege das Kind und stell' dich nicht so an.« Nein, statt dessen sieht das Notenblatt den Einsatz der himmlischen Heerscharen vor. »Schum-Schei / Schum-Schei«, säuseln die Engel, und damit endet »Auf dem Berge, da wehet der Wind« recht unvermittelt.

Aber vielleicht ist das gut so, denn sonst würden wir womöglich Weihnachten ein traditionelles Ehekrisenlied singen. Und wer weiß, wie der Einzelhandel damit zurechtkäme.

Ein Küßchen auf den Mund

Frau Rönneburg, Ihre Geschichte über den Streit zwischen Maria und Josef, der das Kind nicht wiegen wollte, erinnert mich an durchaus aktuelle Ehekrisen, die zur Weihnachtszeit in Irland wie Epidemien ausbrechen. Schuld daran sind die Betriebsfeiern. Der Schriftsteller David Park berichtet davon:

»Weihnachten. Was bedeutete das im Grunde schon? Zusammengesperrte Familien, ohne einen einzigen Fluchtweg ausgeliefert an eine verlogene Festlichkeit, so lange, bis sie immer gereizter wurden und anfingen, sich zu zanken; sinnlose und völlig überzogene Ausgaben, die man im neuen Jahr abstottern mußte und die einen womöglich so nervös machten, daß man bei der wöchentlichen Pokerrunde um höhere Einsätze spielte; ein Küßchen auf den spöttischen Mund einer jungen Sekretärin, auf die man schon die vergangenen zwölf Monate scharf gewesen war.«

Das Problem ist, daß es oft nicht beim Küßchen bleibt. Bei Betriebsfeiern sind die Gatten und Gattinnen nicht dabei, wohl aber der Alkohol, und dieser – mit Weihnachtsstimmung gepaart – führt zu Komplikationen. Offenbar fallen bei den sonst so reservierten Kolleginnen und Kollegen zu dieser Jahreszeit sämtliche Hemmungen, Zeitungen geben ab Anfang Dezember Hinweise, wie das Schlimmste verhütet werden kann – etwa mit

Weihnachtsmann-Kondomen? Eine Zeitung berichtete gar, daß es Mode geworden sei, den Fotokopierer zum Liebesnest umzufunktionieren – bei laufendem Gerät, um sich eine Weihnachtserinnerung zu sichern.

Fällt die Kopulierkopie dem Partner oder der Partnerin in die Hände, weil man sie im trunkenen Zustand im Mantel vergessen hat, könnte die Erinnerung an Weihnachten nachhaltiger sein als geplant. Anwälte können sich jedenfalls in den Wochen nach dem Fest der Liebe über Arbeitsmangel nicht beklagen. Scheidungen sind übrigens erst seit wenigen Jahren legal in Irland, bis dahin gab es lediglich die Möglichkeit der »rechtmäßigen Trennung«, was eine zweite Eheschließung unmöglich machte. Wenn man mit der Obrigkeit gut stand, konnte man die Ehe auch annullieren lassen, zum Beispiel wegen geistiger Unreife, was in manchen Fällen auch nach vier Kindern noch möglich war. Aber, wie gesagt, inzwischen sind Ehescheidungen gesetzlich erlaubt, und die Iren machen weidlich Gebrauch davon.

Die meisten Firmen unternehmen in der Weihnachtszeit einen Betriebsausflug in ein Restaurant, schon Wochen vorher ist alles ausgebucht. Viele Restaurants machen es sich einfach: Sie setzen »Weihnachtsmenüs« auf die Speisekarte, was nichts anderes bedeutet als Truthahn und Schinken, Quetschkartoffeln und Soße, Kohl und Mohrrüben – und alles schmeckt wie aus der Großküche. Dafür werden dann die Preise kräftig erhöht. Nach dem Essen geht der Betrieb in den Pub, bis die Zapfhähne versiegen – und dann: siehe oben.

Das letzte Wort in dieser unerfreulichen Affäre soll William Carleton haben, der belegen kann, daß es 1833 auch nicht besser war: »Natürlich hatten solche vertraulichen Zusammenkünfte junger Leute mitunter schreckliche Folgen, vor allem, was den Ruf und die Schicksale der daran beteiligten Mädchen betraf. Die vielen heimlichen

Liebesaffären und die sich daraus entwickelnden Streitereien unter den Männern, die oft genug in Mord und Totschlag endeten, führten allmählich dazu, daß man in der sonst so schönen und erhebenden Institution der Mitternachtsmesse die Wurzel des Übels zu erkennen glaubte.«

Gedanken über den Julklapp

Das Thema weihnachtliche Betriebsfeiern möchte ich gern ergänzen, um den Julklapp nämlich. Es gibt verschiedene Varianten, einen Julklapp auszurichten. Das beginnt schon damit, daß Julklapp nicht überall Julklapp heißt. In manchen Regionen Deutschlands spricht man vom »Klappersack«, in substantivarmen Gegenden existiert nur ein Verb namens »bewichteln«. Doch egal, unter welchem Namen der Julklapp eingetragen ist, er beschreibt den Vorgang des Überraschungsschenkens.

Bei Variante A einigen sich die Teilnehmer auf einen Warenwert, den das Julklappgeschenk haben sollte, treiben dann ein entsprechendes Präsent auf, verpacken es gut und versenken es zu Beginn der Julklappveranstaltung in einen Sack oder eine Kiste. Wenn alle eingetroffen sind, darf sich jeder ein Päckchen aussuchen. Selten jedoch findet man dann das gute Buch oder das hübsche Seidentuch. Die Wahrscheinlichkeit, einen der fünf häßlichen Kerzenständer zu erwischen, liegt weitaus höher.

Ich plädiere daher für Variante B: Hier losen die Teilnehmer vorher aus, wen sie zu beschenken haben. Plötzlich sieht man sich dann mit der Frage konfrontiert, womit in aller Welt sich Sportsfreundin Y oder Kollege Z eigentlich beschäftigt, und beginnt dezent,

Erkundigungen einzuziehen. Es ist dabei immer wieder erstaunlich festzustellen, welchen seltsamen Aktivitäten der unbekannte Mitmensch nachgeht: Perry-Rhodan-Experten, Klöppelzimmerbesitzer, Pfadfinderbetreuer, Wurmzüchter, Biersammler und Sternensucher – sie alle sind unter uns, wir wußten es nur noch nicht. Es würde mich daher nicht wundern zu hören, daß der Julklapp in modernen Großunternehmen von Betriebspsychologen initiiert wird, damit die Belegschaft sich besser kennenlernt.

Als ich noch zur Schule ging, sollte zusätzlich zum Geschenk auch noch ein Gedicht auf den Empfänger verfaßt werden. Das ist auch unter Erwachsenen so Sitte, doch damals wie heute ist nichts davon zu halten, denn erstens ist nicht jeder zum Reimen geboren, und zweitens bleibt so die wilde Spekulation auf der Strecke – wenn man sich nämlich fragt, von wem man wohl beschenkt worden sein mag. Sobald ein Gedicht im Spiel ist, verrät sich der Verfasser oft selbst (»Mancher würde sitzenbleiben / ohne von Kirsten abzuschreiben«) oder manövriert sich ohne Not in den engeren Kreis der Verdächtigen (»Schreit Peter in sein Telefon / geht es meist um Olaf Thon«).

Und das muß ja nicht sein. Wer wie ich schon einmal eine liebevoll verpackte Tube Augenring-Regenerationscreme beim Julklapp erhalten hat und selbst ein Astrologie-Lexikon verschenkte, weiß um die phantastischen Möglichkeiten des anonymen Geschenkemachens.

Unabdingbar hierfür aber ist die absolute Geheimhaltung. Es schadet nichts, wenn sich die Julklappteilnehmer schwören, niemals und niemandem zu erzählen, welchen Namen sie auf ihrem Los gefunden haben, und die Zettel zur Sicherheit aufessen. Nur dann nämlich kann jeder schalten und walten, wie er will. Meine

Freundin S. ließ zum Beispiel ihrer herrschsüchtigen Kollegin auf diesem Wege eine Broschüre »So werde ich Chef« zukommen. Von anderer Stelle hörte ich, daß ein als rüde bekannter Hobbyfußballer einen Morgenstern in seinem Päckchen fand, und selbstverständlich werden Männer mit schütterem Haar immer wieder gern mit Bürsten und Lockenwicklern bedacht.

Es würde mich daher auch nicht wundern, wenn der Julklapp in modern geführten Betrieben von Betriebspsychologen unterbunden würde.

Man muß sich aber auch nicht ganz so viele Gedanken über persönliche Geschenke machen. Ein Julklapp, ganz gleich ob Variante A oder B, bietet immerhin auch die Gelegenheit, einen der vielen Kerzenständer wieder loszuwerden.

Kirche

Dann wollen wir doch gleich noch von weiteren Ritualen sprechen: Zwar hat die Frömmigkeit auch auf der Insel der Heiligen nachgelassen, aber in den Wochen vor Weihnachten veranstaltet so gut wie jede Schule ein Krippenspiel, zu dessen Aufführung die Eltern eingeladen werden. In der Innenstadt, in einem Gebäude am Parnell Square, ist die »Moving Crib« aufgebaut, ein Krippenspiel mit beweglichen Puppen, das im Zeitalter der Computerspiele aber höchstens die Kleinsten ins Staunen versetzt.

Nur noch rund die Hälfte der Iren geht regelmäßig in die Kirche, doch am Heiligabend sind die katholischen Gotteshäuser zum Bersten gefüllt. Für die kleineren Kinder ist die Mitternachtsmesse besonders attraktiv, denn an den restlichen Tagen des Jahres liegen sie um diese Zeit längst im Bett. Darüber hinaus wird ihnen auch etwas geboten: Während der Messe wird eine lebensgroße Baby-Jesus-Attrappe in die Krippe gelegt.

Die Mitternachtsmesse hat eine lange Tradition in Irland, der Schriftsteller William Carleton schrieb 1833, er habe selten ein religiöses Schauspiel miterlebt, das so großartig und überwältigend gewesen sei. Da er auf dem Lande lebte, erstreckte sich die Pfarrgemeinde über ein großes Gebiet, so daß die Messe im Freien abgehalten werden mußte, damit genug Platz für alle Gläubigen war.

Ab elf Uhr nachts strömten sie aus allen Himmelsrichtungen im Schein von Fackeln heran. »Auf dem beschwerlichen Marsch war man natürlich an etlichen Pubs und Kneipen vorbeigekommen«, schrieb Carleton, »und das Stimmengewirr, das sich aus Gesängen, lauten Gesprächen, Lachen und Flüchen zusammensetzte – gelegentlich auch dem Schluchzen eines reuigen Sünders, den der Einfluß des Alkohols und der grandiose Anblick all des festlichen Treibens um ihn herum dazu brachte, in sich zu gehen –, bildete zum Augenschmaus eine höchst vergnügliche Geräuschkulisse.« Nach der Messe schlugen sich viele der jungen Pärchen in die Büsche, monierte Carleton, und »noch andere läßliche Sünden wurden begangen, für welche die Buße nur in einer Ermahnung des Pfarrers bei der nächsten Sonntagspredigt oder einer barfüßigen Pilgerfahrt auf den Lough Derg bestand.« Damals durften die Priester zu Weihnachten drei Messen lesen, an anderen Tagen waren ihnen nur zwei gestattet. Deshalb galt die Mitternachtsmesse als Ereignis, das man keinesfalls versäumen dürfte.

Nicht alle können es jedoch miterleben. Am Heiligabend werden die Kirchen von schwarzgekleideten, breitschultrigen jungen Männern bewacht, die Betrunkenen den Zugang verwehren. Schließlich steigt in der Weihnachtszeit der nationale Alkoholpegel um ein paar Promille, und vor allem am Heiligabend wird auf Vorrat gebechert, sind die Pubs doch am ersten Feiertag geschlossen. Deshalb besteht erhöhte Gefahr, daß sich jemand übergeben muß oder die Oblate bei der Kommunion verliert, was ein Sakrileg wäre, das es zu verhindern gilt. Viele Kirchen haben die Mitternachtsmesse inzwischen auf 22 Uhr vorverlegt, denn dann ist alles vorbei, wenn in den Kneipen um 23 Uhr die Zapfhähne versiegen.

Wie nötig das ist, zeigt die Geschichte des irischen

Schriftstellers John McGahern, der zu seiner Jugendzeit bei der Mitternachtsmesse einen betrunkenen Polizisten erlebt hat. Der Monsignore war gerade zur Predigt auf die Kanzel geklettert: »Sowie er anfing: ›Im Namen des Vaters und des Sohnes und des Heiligen Geistes! Diese Weihnachten, meine lieben Kinder in Christo, wünsche ich ...‹, erwachte Mullins und klatschte laut Beifall: ›Hört, hört! Recht hat er! Sie sind ein Mann nach meinem Herzen! Nieder mit den Heuchlern!‹ Der Monsignore blickte auf den Polizisten und dann auf die Kirchendiener, doch als ihn ein weiteres ›Hört, hört!‹ begrüßte, klappte er sein Notizbuch zu, wünschte allen mit saurer Stimme ein gesegnetes und glückliches Christfest und kletterte zornig von der Kanzel herunter, und so endete die kürzeste Mitternachtsmesse, die je in dieser Kirche stattfand.

Doch mit dem Spaß war es noch nicht zu Ende. Als die Kommunikanten vom Altar kamen, zeigte Mullins auf den Steuereinnehmer, der mit geschlossenen Augen, gesenktem Kopf und gefalteten Händen das Mittelschiff entlangpilgerte. Laut schrie er: ›Da geht der größte Heuchler vom ganzen Kirchspiel!‹, worüber sich fast alle mächtig freuten.«

Mein Freund David, ein Atheist, war auch einmal bei der Mitternachtsmesse, aber nicht freiwillig. Er hatte bei Bekannten den Heiligabend gefeiert, was auch Atheisten tun, denn der Grund für ein ausgelassenes Fest spielt letztendlich keine Rolle, doch am Ende war er auf eine Mitfahrgelegenheit angewiesen, um nach Hause zu kommen. Wie es das Unglück wollte, fuhr ausgerechnet das frommste Pärchen auf der ganzen Party in seine Richtung. Bei jeder Statue, an der sie vorbeikamen, bekreuzigten sich die beiden eifrig. Es gibt viele Marienstatuen in Dublin, und manche davon haben einen leuchtendpurpurnen Heiligenschein, der durch einen Akku auf dem Rücken der Heiligen betrieben wird. David hatte zunächst an eine Erscheinung geglaubt, weil die Statue aufgrund des Dezembernebels in der Luft zu schweben schien, und man weiß ja nie, schließlich war Weihnachten. Als er die Konstruktion als irdisch erkannt hatte, machte er sich über die »Rucksackheilige« lustig. Das hätte er besser bleibenlassen, denn nun beschloß das Pärchen, ihn zur Läuterung in die Mitternachtsmesse mitzunehmen. Es war völlig zwecklos, sich zu weigern, denn zu Fuß war der Heimweg für David nicht zu bewältigen, und im Auto konnte er nicht warten, weil es zu kalt war.

Der Erzbischof persönlich las die Messe. Es war Ende der achtziger Jahre, die Sowjetunion war gerade auseinandergefallen, und der Erzbischof frohlockte, daß die Fürbitten der Blauen Armee erhört worden wären. Die Blaue Armee war in den Augen der katholischen Kirche das Gegenstück zur Roten Armee, die in die Vernichtung gebetet werden mußte. Das war gründlich gelungen, freute sich Hochwürden. Und als nächstes China? David, nicht nur Atheist, sondern auch Kommunist, platzte der Kragen. Zunächst hatte er versucht, mit seinen Banknachbarn eine Diskussion anzuzetteln, gab aber in Anbetracht der weihnachtlich entrückten Mienen auf. Er erhob sich demonstrativ, was aber kaum wahrgenommen wurde, weil bei diesem Teil der Liturgie ohnehin alle aufstanden, und ging zur Tür hinaus. Nach einer halben Stunde wurde er erlöst, aber es war zu spät: Auch der heiße Whiskey mit Zitrone und Gewürznelken, ein irisches Hausmittel, konnte nicht verhindern, daß er Weihnachten mit fiebriger Erkältung im Bett lag. Und kein bißchen geläutert.

Bestrumpft alte Damen schieben

Angeblich unterhalten sich die Engländer – gilt das eigentlich auch für die Iren? – so gern und so oft über das Wetter. Ich glaube aber doch, daß in keinem anderen Land der Welt mehr über das Wetter geredet wird als in Deutschland.

Für nordmitteleuropäische Verhältnisse liegt Deutschland eigentlich in einer akzeptablen Wetterzone. Zwischen München und Hamburg sind die Temperaturen zwar mehr als ungerecht aufgeteilt, aber es könnte schlimmer sein. Generell sind immerhin die Jahreszeiten erkennbar; es gibt sogar richtige Sommer und richtige Winter, und dazwischen regnet es. Trotzdem wird über das Wetter diskutiert wie andernorts nur über die Beteiligung an Nato-Einsätzen ohne UN-Mandat. Die Meteorologensitte etwa, Tiefdruckgebieten und Wirbelstürmen weibliche Namen zu verpassen, führte 1999 zu einer großen medial ausgetragenen Schlacht, an der sich nahezu jedermann beteiligte, von der Frauenbeauftragten bis zum Fernsehfritzen.

Die zuständigen Wetterbeobachter verstanden die ganze Aufregung überhaupt nicht: Immerhin hatten sie nur wenige Monate zuvor einen wirklich entscheidenden Schritt getan und ihr Namensregister modernisiert: aus Wilhelmine war Wendy geworden, Theodor hieß jetzt Thomas. Wenn man es recht bedenkt, hatten die

Meteorologen damit einen Beitrag zur Ost-West-Verständigung geleistet, indem sie den ostdeutschen Hang zu exotischen Vornamen berücksichtigten. Der DDR-Bürger ließ seine Kinder ja gern als »Mandy« oder »Stiev« eintragen. Und während »Kevin« im Westen nur geduldet wurde – als nämlich Kevin Keegan in den 80er Jahren beim HSV spielte –, ist in Ostdeutschland eine ganze Armee von Kevins herangewachsen. Um das festzustellen, muß man nur für einen Moment an einem Friedrichshainer Spielplatz stehenbleiben: »Kä-wien, laß das!« zetern dort immer gleich mehrere Mütter auf einmal. Manchmal hat Kevin auch noch Geschwister, die heißen dann Ronny oder Silvana oder Schacklien.

In zehn, fünfzehn Jahren moderieren die ersten Kevins Volksmusiksendungen, und sie werden völlig idiotische Nachnamen tragen wie »Steffens« oder »Binz«. – »Die sächsischen Melodien werden ihnen präsentiert von Kevin Pflaume und Mandy Hilker«, so wird es aussehen. Aber zurück zum Wetterirrsinn von 1998/99: Plötzlich war die Verteilung von weiblichen und männlichen Namen an eiförmige Kringel auf der Wetterkarte nicht länger Angelegenheit der Fachleute. Eine bundesweiteRaueninitiative nannte die Vergabe von weiblichen Namen an Tiefdruckgebiete »diskriminierend und sexistisch«, weil Tiefdruckgebiete schließlich immer nur schlechtes Wetter brächten. Bereits im Jahr zuvor hatte die Initiative zu einer Protestunterschriftenaktion aufgerufen. Doch schon damals weigerte sich der Leiter des Meteorologischen Instituts der Freien Universität Berlin, »Frauennamen künftig nicht mehr vom Wetteramt mißbrauchen zu lassen« und ließ sich auch von einem Stapel mit 500 Unterstützerinnensignaturen nicht beeindrucken.

Wenige Tage nach Weihnachten trat jedoch der freie Meteorologe Jörg Kachelmann auf den Plan. Der gleichermaßen für seine Geschwätzigkeit wie Geschäftstüchtigkeit bekannte Wetterprophet heizte die Diskussion erneut an: Als selbsternannter Vertreter einer Art »Meteorologie von unten«-Fraktion machte er Ernst und unterzog die Hoch- und Tiefdruckgebiete im ARD-Wetterstudio je einer Geschlechtsumwandlung.

Verwirrung zog ein im Land, denn in der ARD geriet nun alles durcheinander. Sprach Kachelmann auf seinem Sendeplatz noch vom Hoch Vanessa, so präsentierte die Tagesschau ein Hoch namens Thomas. Mit wem hatte man zu rechnen – mit Thomas oder mit Vanessa? War jetzt ein Hoch ein Hoch, oder regnete einer von beiden? Am 19. Januar 1999 fand die Debatte ihr vorläufiges Ende. Die ARD-Programmdirektoren bremsten Kachelmann aus, indem sie sich auf einen Kompromiß einigten. Der lautete schlicht: Wettergebiete erhalten fortan keine Namen mehr und bleiben anonym. Damit wurde eine fast 45jährige Meteorologentradition zunichte gemacht – erfunden übrigens von einer Frau.

Die Ruhe an der Wetterfront währte nur kurz, der nächste Streit entbrannte schon bald. Das Zweite Deutsche Fernsehen hatte seine Wetterkarte erweitert und Saarbrücken einen Platz gegeben, dafür aber die Hansestadt Rostock fallengelassen. So lautete jedenfalls der Vorwurf des Unternehmerverbandes Rostock. Sein Geschäftsführer, Ulrich Seidel, witterte gar eine Verschwörung: Das ZDF habe Saarbrücken in vorauseilendem Gehorsam bevorzugt, weil der saarländische Ministerpräsident Reinhard Klimmt soeben Mitglied des ZDF-Verwaltungsrates geworden war. Und das, nachdem schon diverse »Wetterfalschprognosen zu Lasten Mecklenburg-Vorpommerns« über den Äther gegangen waren. Dies und die nun erfolgte »Abwertung des wichtigsten Wirtschafts- und Tourismusstandortes Mecklenburg-Vorpommern« zögen wirtschaftlichen Schaden für das Bundesland nach sich. Ulrich Seidel forderte daher seinen Ministerpräsidenten Harald Ringstorff auf, beim ZDF Einspruch zu erheben.

Man könnte meinen, ein Ministerpräsident hätte Besseres zu tun. So war es aber nicht. Harald Ringstorff und auch Otto Ebnet, Staatskanzleichef und Fernsehratsmitglied in Personalunion, nahmen sich der Sache an und versicherten, beim ZDF-Intendanten Dieter Stolte Rostocks Rechte einzufordern.

Noch während die Nation gebannt den Städtestreit verfolgte und es zu den ersten Trittbrettfahreraktionen kam – Thüringen forderte von der ARD die Ersetzung Kassels durch Erfurt –, bezog das gescholtene ZDF Stellung. Chefredakteur Helmut Reitze räumte ein, die Städtenamen auf der Wetterkarte seien »so umstritten wie die Präzision der Wettervorhersage.« Der Grund, Saarbrükken auf der Wetterkarte unterzubringen, habe in der »großen ungegliederten Fläche« im Südwesten Deutschlands gelegen. Er habe »die Orientierung der Zuschauer im Südwesten Deutschlands verbessern wollen.«

Hmhm, na ja. Plausibler klang da schon die Stellungnahme des zuständigen ZDF-Wetterredakteurs. Der wies darauf hin, daß Rostock noch nie auf der ZDF-Wetterkarte verzeichnet gewesen war, sondern nur auf der Zusatzkarte für den Seewetterbericht – ein Umstand, der dem Rostocker Unternehmerverband offenbar entgangen war.

Nach all diesen Querelen deutete sich allerdings erstmals Entspannung an. Die Geschichte wäre auch, glaube ich, vergessen worden, wenn nicht unser alter Freund Kachelmann abermals die Gelegenheit ergriffen hätte, sich ins Gespräch zu bringen: Er kündigte großartig an, seine Wetterkarte von nun an mit willkürlich wechselnden Städtenamen zu bestücken: »Jeder darf mal«, so sein Credo.

Wenn Sie also wissen wollen, wie das Wetter wird, schauen Sie am besten aus dem Fenster. Mit schneebedeckten Tannen sollten Sie aber nicht rechnen. Anfang Dezember fallen oft einige Flocken, beeindruckende Zentimeter Schnee, so daß der Berliner ganz hysterisch von weißen Weihnachten schwärmt und wie schön das doch sei usw., aber rechtzeitig zur besinnlichen Zeit ist Schluß damit. Notfalls legt das Wetter sogar ein paar Tage mit Tagestemperaturen von 16 Grad ein und ärgert damit alle, die einen Mallorca-Urlaub gebucht haben.

Es ist auch nicht so viel dagegen zu sagen. Zwar macht sich eine Schneedecke ganz gut und wirkt dazu noch schalldämmend, aber allzu lange sollte der Winter in Berlin nicht anhalten. Hier besitzt nämlich jeder dritte Einwohner einen Hund, den er zweimal am Tag auf die Straße führt. Wenn nach zwei Monaten Eiszeit das Tauwetter einsetzt, möchte man nur noch mit einer parfumgefüllten Feldflasche das Haus verlassen. Mir soll jedenfalls noch mal ein Hundebesitzer versichern, »der tut doch nichts«. Klar tut der was! Und wie!

Aber auch der kurze Kälteeinbruch birgt seine Tükken. In Berlin zeigt das Wetter immer wieder gern, wie gut es sich auf Blitzeis versteht; d. h., es regnet auf gut gekühlten Boden, und schon nach zehn Minuten sind Straßen und Wege so glatt wie Fernsehpfarrer Fliege. Wer Glück hat, ist schon zu Hause oder wenigstens noch an seinem Arbeitsplatz – allen anderen bleibt nur, bewegungslos stehenzubleiben oder sich vorsichtig an Hauswänden entlang in das nächste Geschäft zu hangeln.

Beim letzten Blitzeis habe ich die Szenerie von meinem Bürofenster aus beobachtet: der Verkehr war völlig zusammengebrochen – außer U-Bahnen fuhr nichts mehr –, und alle zehn Sekunden schlug ein Passant der Länge nach hin. Es ist ratsam, wenn auch nicht angenehm, sich in einem solchen Fall die Schuhe auszuziehen und auf Socken weiterzuschleichen. Bestrumpft kann man außerdem die eine oder andere alte Dame in Sicherheit schieben.

Nebenbei – ich habe während des letzten Wintereinbruchs eine gut 80 Kilogramm schwere Schleifmaschine transportieren müssen. Mit tatkräftiger männlicher Hilfe hatten meine Freundin Claudia und ich das Gerät beim Verleih noch relativ leicht in ihren Kastenwagen hieven können. Auf der Fahrt zu meiner Wohnung befürchteten wir dann, das »Tier«, wie Claudia die Maschine nannte, könnte bei einem plötzlichen Bremsvorgang aus seinem Verschlag ausbrechen und uns anfallen. Als wir heil vor meiner Haustür eintrafen, waren wir erleichtert, doch dann begannen erst die Probleme. So eine Schleifmaschine ist schwer zu zweit zu tragen, auf einem lastet immer der Löwenanteil des Gewichts. Gleichzeitig war es aber inzwischen auch gefährlich glatt geworden, und, wie gesagt, das Werkzeug war nur geliehen, durfte also keinen Schaden nehmen. Wir ächzten und schlitterten und riskierten komplizierte Frakturen, während wir das Ungetüm über die Straße trugen und es immer wieder so sanft wie möglich absetzten. Ich hoffe bloß, daß nicht allzu viele Anwohner unser Schleifmaschinen-Ballett beobachtet haben. Die Strecke von fünf Metern plus drei Stockwerke kostete uns eine halbe Stunde, allerdings auch, wie Claudia aufmunternd meinte, »bestimmt je zwei Kilo«.

Hinzufügen möchte ich, daß die schwachen elektrischen Leitungen in meiner Kreuzberger Wohnung den Betrieb einer 80 Kilogramm schweren Schleifmaschine nicht zuließen – die Sicherungen hüpften in alle Richtungen –, weshalb wir das verdammte Ding am nächsten Tag zurückbringen mußten. Da habe ich mir dann eine angemessene Winterdepression gegönnt und sie »Nadine« genannt.

Die Jagd nach dem Kleingeld

Stichwort Geschäftstüchtigkeit, Frau Rönneburg: Stekken Sie stets etwas Kleingeld ein, wenn Sie in die Stadt gehen. Auch zu normalen Zeiten lauern überall Menschen mit Sammelbüchsen, man hat den Eindruck, daß die halbe Nation Geld für einen guten Zweck sammelt, doch zu Weihnachten gibt es erst recht kein Entrinnen. Sämtliche Wohltätigkeitsorganisationen setzen auf die Weihnachtsstimmung, die den Leuten die Herzen und Geldbörsen öffnen soll. Viele der Wohlfahrtsverbände unterstehen der katholischen Kirche. Da es in Irland keine Kirchensteuer gibt, sind die Glaubenshüter auf Spenden angewiesen – und das ist nicht auf den Gottesdienst beschränkt. Dort wird manchmal eine »Stille Kollekte« ausgerufen: Geldscheine klimpern nicht. Auch mit Bingo, jenem Glücksspiel für ältere Damen, das allabendlich in den Gemeindehallen stattfindet, macht die Kirche Geld. Doch um Messe oder Bingohalle kann man einen Bogen machen, den Sammelbüchsen entgeht niemand.

Sie müssen schon hartgesotten sein, um den Spendensammler einfach beiseite zu schieben, wenn er dicht neben Ihrem Ohr mit der Büchse klappert und Ihnen ins andere Ohr die schrecklichsten Beschreibungen der Leiden von Arthritis-Kranken ruft. Werfen Sie eine Münze in die Dose, heftet man Ihnen einen Aufkleber ans Revers – der

Passierschein für den unbehelligten Aufenthalt im Sammelgebiet.

Freilich sind zu Weihnachten auch besonders viele Spendenbetrüger unterwegs. Sind die Sammelbüchsen nicht versiegelt, kann man sicher sein, daß die Spende privaten Zwecken zugeführt wird. Doch auch bei verplombten Dosen ist die Ehrlichkeit des Sammlers nicht garantiert. Man kann sich ja nicht immer den offiziellen Ausweis zeigen lassen, bevor man sich von ein paar Münzen trennt, denn man käme sich doch ziemlich knickerig vor. Wahrscheinlich sind die meisten Sammler aber genauso redlich wie der heruntergekommene Alkoholiker, der offen um die Co-Finanzierung seines Weihnachtsrausches bittet.

Besonders beliebt ist es bei den Wohlfahrtsverbänden, Kinder auf die Jagd nach Kleingeld zu schicken. Manchmal bauen die Kleinen einen Stand vor ihrer Haustür auf, an dem sie grauenhafte Bastelarbeiten, selbstgemachtes Sodawasser oder die Weihnachtsgeschenke vom Vorjahr, die inzwischen aus der Mode gekommen sind, verkaufen. Eine Gruppe von siebenjährigen Kindern hat mir einmal fünfzig Pence abgeluchst. Dafür durfte ich mir eins ihrer selbstgemalten Bilder aussuchen. Ich nahm das mit dem Weihnachtsmann, der allerdings aussah wie der Glöckner von Notre-Dame. Er trug ein Riesenpaket auf der Schulter, das einem Sarg verblüffend ähnelte. Über allem schwebten sieben Geier, die wahrscheinlich Engel darstellen sollten. Vielleicht wird die Künstlerin ja mal berühmt, und ich besitze dann ein wertvolles Frühwerk.

Manchmal ziehen die Kinder mit einer Sammelkarte durch die Nachbarschaft und suchen »Sponsoren«, die einen Geldbetrag in die Karte eintragen. Am Stichtag muß das Kind eine bestimmte Leistung vollbringen, etwa 20 Bahnen schwimmen oder einen Berg besteigen. Freilich ist das kaum nachzuprüfen, wenn der Kleine am nächsten Tag kommt, um die Sponsorengelder einzusammeln. Besonders dreist war allerdings der Dreikäsehoch, der bei uns klingelte und darum bat, ihn mit Sponsorengeld zu belohnen, wenn er es schaffte, einen Tag lang keine Süßigkeiten zu essen. Welcher guten Sache er das Geld denn zukommen lassen wolle, fragte ich ihn. »Süßigkeiten«, antwortete er. Den Bonbon-Trick hatte er vermutlich von der Kirche gelernt: Die verteilt nämlich zu Beginn der Fastenzeit an Schulkinder ein Stück Pappe, das zu einer Sparbüchse zusammengefaltet werden muß. Da kommt dann das Taschengeld hinein, das sie normalerweise für Süßwaren ausgeben.

Die Iren sind die wohl spendenfreudigste Nation der Welt. Als der Dubliner Rockmusiker Bob Geldof das weltweite Musikspektakel »Live Aid« für die Hungerhilfe in Afrika organisierte, kam aus Irland weitaus mehr Geld als aus den anderen Ländern, wenn man es auf die Bevölkerungszahl umrechnet. So sichert man sich einen guten Platz im Jenseits, der Himmel wird voller Iren sein. Und mit Sicherheit gibt es dort einen »original Irish Pub«.

Nieder mit dem selbstgebastelten Geschenk!

An dieser Stelle muß ich einen Vortrag halten. Tut mir leid, aber Sie haben es so gewollt. Haben nicht Sie eben »Bastelarbeiten« gesagt? Eben. Der Vortrag lautet »Von Herzen – einige Anmerkungen zum selbstgebastelten Geschenk«, und hier ist er:

Lieber Zuhörer,

das Schenken hat eine lange Tradition. Schon die alten Römer belohnten anläßlich der Saturnalien, der Feiern zu Ehren des Gottes Saturn, ihren Beamtenapparat sowie verdiente Sklaven, und auch bei den Germanen gehörte das jährliche Geschenk für die Angestellten zum Brauchtum.

Die christliche Wurzel, so die Weihnachtsexpertinnen Annette Grimm, Simone Heiß und Kathrin Wetzel, findet sich in der Vorstellung des göttlichen Erlösungsgeschenks – »Also hat Gott die Welt geliebt« – und im Bild der Gaben der Heiligen Drei Könige.

Wir erinnern uns: Kaspar, Melchior und Balthasar hießen diese drei Weisen aus dem Morgenlande, die in ihrem Gepäck ausgewählte Geschenke für das Jesuskind mit sich führten.

Eines aber wäre undenkbar gewesen: daß auch nur einer von ihnen etwas Selbstgebasteltes überreicht hätte. Die Bibel spricht denn auch von Weihrauch, Myrrhe und Gold. Von einer Laubsägearbeit ist nicht die Rede.

Heutzutage ist jedoch das selbstgebastelte Geschenk angeblich Ausdruck ganz besonderer Wertschätzung. Sieh her, sagt das Selbstgebastelte, ich wurde allein für dich geschaffen! Ich bin keine Massenware, ich wurde nicht wahllos aus dem Regal gezerrt und zur Kasse getragen – in mir stecken viele, viele Stunden Arbeit! Ich bin ein Original, ganz wie mein Schöpfer!

Wer mit Selbstgebasteltem beglückt wird, hat gar keine andere Wahl: Er muß das Geschenk angemessen würdigen, so gern er es vielleicht heimlich umtauschen würde, was ja aber nicht geht. Er darf es weder in die hinterste Ecke des Schrankes stopfen noch in einer Kiste verschwinden lassen, er muß ihm vielmehr einen besonderen Platz in seinem Heim zuweisen. Und in nicht wenigen Fällen gilt es sogar, das Präsent in Gebrauch zu nehmen.

Die Forschung hat sich nach Beilegung des letzten Richtungsstreits darauf geeinigt, den Wirkungsgrad selbstgebastelter Geschenke anhand von zwei Faktoren zu messen, als da sind a): physische und/oder psychische Folgen für die beschenkte Person sowie b): Flüchtigkeit. Der Flüchtigkeitsfaktor bezieht sich auf die Haltbarkeit des Geschenks. Wie lange währt seine Existenz? Verschwindet es wieder von der Anrichte, oder überlebt es seinen Besitzer und gibt kommenden Archäologengenerationen Rätsel auf? Der Flüchtigkeitsfaktor orientiert sich an drei Unterkategorien. Sie unterscheiden das sich selbst vernichtende, das nützliche und das dekorative Geschenk.

Im Sinne der Selbstvernichtung ist die meist von Kinderhand hergestellte Kerze durchaus noch tolerabel – eine Haushaltskerze von dreieinhalb Zentimeter Durchmesser, die mit grünen, braunen und gelben Wachsstreifen verziert wurde. Zusätzlich schmücken sie zwei aus goldenem Stanniolpapier ausgeschnittene Sterne. Was passiert, wenn man eine solche Kerze entzündet, daran müßten Sie sich eigentlich noch erinnern: Sobald die Flamme den ersten um die Kerze drapierten Wachskranz erreicht hat, schmilzt dieser in Sekundenschnelle und läuft als besonders häßlich anzusehende, inzwischen eher schleimfarbene denn tannengrüne Masse die Kerze hinab. Das gleiche passiert mit dem nächsten Ring; in beiden Fällen reißt es je einen Stanniolstern mit hinab. Der Spuk ist aber zum Glück irgendwann vorbei, und wer gut versichert ist, muß dabei nicht einmal zusehen, sondern kann das Objekt unbeaufsichtigt in einem wenig genutzten Zimmer niederbrennen lassen.

Heikler sind da schon Geschenke aus der Welt der Nahrungsmittel. Spätestens ab Oktober halten Frauen- und Kochzeitschriften reichlich Anregungen für die Anfertigung sowohl »persönlicher« als auch »dekorativer« Gaben parat. »Jedes unserer selbstgemachten Geschenke ist als zärtliche Botschaft gemeint«, versprach zum Beispiel das Magenfachblatt »Essen & Trinken« schon 1993 und erhob Petits fours, Ochsenschwanzrillettes und Zitronenessig in den Rang »zu Herzen gehender Liebeserklärungen.« Darunter machen sie's nicht. Die Hobbyköche aber schon, denn leider hält sich kaum jemand an die Rezepte, sondern an das, was er für seine »Phantasie« hält, und der wiederum dürfen ja nach landläufiger Meinung »keine Grenzen gesetzt« werden. Und der Geschenkeempfänger sieht sich am Jahresende mit klopsigem Naschwerk, undefinierbarem Eingemachten und mißtrauenerregenden Likören konfrontiert. Immerhin reicht es hier, tapfer eine kleine Portion zu probieren und den Rest angeblich für eine besondere Gelegenheit aufheben zu wollen, dabei aber natürlich die nächstbeste zu nutzen, die gesamte Attacke auf die Geschmacksnerven in den Ausguß zu leeren oder, aus Sorge um mülltonnenplündernde Haustiere, unerreichbar zu vergraben. Da aber schon ein Löffelchen obergäriges Mango-Chutney einen ganzen Abend ruinieren kann, stehen Flüchtigkeits- und Folgefaktoren bei dieser Sorte von selbstgemachten Geschenken in engem Zusammenhang.

Wir wollen dennoch an diesem Punkt festhalten, daß die bleibenden Werte den größten Kummer verursachen. Ein handgesägter und -gebohrter Messerblock für die Küche etwa, stellt eine dauerhafte Belastung dar. Weil mindestens eine Öffnung nicht tief genug angelegt wurde, stehen die Messergriffe zu weit hervor und stören das Auge; außerdem bleibt beim ersten Versuch, eines der Werkzeuge doch bis zum Anschlag im Block zu versenken, das beste Messer auf ewig im Holz stecken. Jeder gewohnheitsmäßige Griff nach ihm, der natürlich ergebnislos bleibt, erinnert an den Verlust; außerdem zerrt man das Trumm dabei unabsichtlich über die Küchenzeile und kippt geöffnete Speiseölflaschen oder Schlimmeres um. Es ist demütigend.

Die Forschung rät daher zur ausgesprochen vorsichtigen Inbetriebnahme angeblich nützlicher Geschenke aus Amateurwerkstätten. So gehen zum Beispiel fünf Prozent aller Unfälle im Haushalt auf den Einsatz von selbstmontierten Nußknackern zurück. In einigen Fällen sind Nußknackeropfer dabei nur knapp um die Amputation eines oder mehrerer Finger herumgekommen. Ernsthaft gewarnt wird außerdem vor allem Elektrischen, etwa harmlos wirkenden Nachttischlampen oder auf Meisterleistung getunten Haartrocknern: der Folgefaktor überschreitet hier recht schnell die zulässigen Höchstwerte. Hohe Folgefaktoren finden sich auch im Bereich des dekorativen Geschenks. Denken wir nur an das selbstgetöpferte Schachspiel oder die mit Nudeln beklebte und mit Goldspray lackierte Camembertschachtel! Und denken wir vor allem an jenes Geschenk, das bösartige Pädagogen von ihren Schützlingen anfertigen lassen und das jegliche ästhetische Norm sprengt: die Granini-Gipsvase.

Basis der Granini-Gipsvase ist eine Fruchtsaftflasche mit breiter Öffnung, von den späteren Empfängern dieser Ungeheuerlichkeit meist ahnungslos zur Verfügung gestellt. Diese Flasche erhält einen Mantel aus Gips und, mit etwas Ungeschick, sogar eine neue Form. Solange der Gipsüberzug noch feucht ist, können auch noch Kronenkorken, Spiegelstückchen oder Glassteine in ihn hineingepreßt werden. Wenn die Masse dann getrocknet ist, bemalt der junge Künstler sie nach seinem Geschmack, d. h. in den schreiendsten Plaka-Farben. Ein solches Objekt, ganz egal, wo man es unterbringt, ist unmöglich in den Haushalt zu integrieren. Versuche haben außerdem gezeigt, daß nicht einmal die exotischsten Blumen dieser Welt von der Häßlichkeit ihres Behältnisses ablenken können: Der Anblick der Granini-Gipsvase ist mit oder ohne Blumen eine Zumutung und kann nach Auffassung von führenden Präsentforschern Krebs verursachen.

Der selbstgebatikte Schal ist dagegen gesundheitlich unbedenklich, führt aber neuesten Untersuchungen zufolge oft in die gesellschaftliche Isolation. Wer gezwungen ist, seine Garderobe um einen verwaschenen und sinnlos gemusterten Schal zu ergänzen, hält automatisch Abstand von seinen Mitmenschen. Die mitleidigen Blicke sind kaum auszuhalten; die Angst, über den Schal sprechen zu müssen, steigert sich bald ins Unermeßliche. Der Schalträger neigt inmitten von größeren Menschenansammlungen zu Panikattacken; er nimmt keine Einladungen mehr an und verzichtet auf die Nutzung öffentlicher Verkehrsmittel. Bald meidet er das Tageslicht, gerät an seinem Arbeitsplatz in Schwierigkeiten und legt sich einen Internet-Anschluß zu, und wohin das führt, ist ja bekannt.

Ich danke Ihnen.

JETZT DIE ROSINEN UNTERRÜHREN!
©TOM

Geschenkpapier

Und ich danke Ihnen! Man sollte allerdings auch den Aspekt der Massenproduktion berücksichtigen. In Dublin schleichen Tag für Tag Händler und Händlerinnen durch die Stadt und versuchen, ihren frommen Schund an den Haustüren zu verkaufen: Kerzen für das Fenster, damit das Christkind den Weg findet, Kalender mit mundgemalten Bibelszenen, gräßliches Geschenkpapier mit Englein und Schneemännern.

Papier zum Einwickeln ist ein großer Renner. In der Henry Street, Dublins Einkaufsmeile für schmalere Brieftaschen, schwirren die fliegenden Händlerinnen mit ihren Kinderwagen herum, die zu normalen Zeiten mit Feuerzeugen oder Bananen gefüllt sind, zur Weihnachtszeit jedoch vor buntem Geschenkpapier überquellen. Zehn Rollen von der dünneren Sorte kosten fünfzig Pence, für das silbrig glänzend feste Papier muß man für fünf Rollen ein Pfund investieren. Wir haben vor ein paar Jahren im Weihnachtskaufrausch 120 Rollen für fünf Pfund gekauft. Jetzt hoffen wir, daß Weihnachten in den nächsten zwanzig Jahren nicht abgeschafft wird, sonst sitzen wir auf einem Berg von Geschenkpapier mit Weihnachtsmotiven. Es ist ohnehin einfacher, sich die Geschenke an Ort und Stelle einwickeln zu lassen. Erstens besteht das Verkaufspersonal aus lauter Verpackungskünstlern, was in Anbetracht der Geschenkpapierzerfetzungsgeschwindigkeit am Weihnachtstag als verschwendetes Talent erscheint. Und zweitens vergessen sie nie, die Preisschildchen vorher abzumachen. Es wäre doch peinlich, wenn die Nichte nach der Bescherung feststellt: »Du, der Weihnachtsmann kauft auch bei Arnott's ein. Haben die denn keine Geschäfte am Nordpol?«

Früher stellten viele Spielwarengeschäfte einen Zwölf-Wochen-Plan auf: Im Oktober kam die Weihnachtslieferung, und plötzlich gab es eine Riesenauswahl an Spielzeug. Die Kinder konnten, wenn sie ein Auge auf etwas Bestimmtes geworfen hatten, jede Woche drei oder vier Pennies im Laden abgeben, und Weihnachten gehörte das Spielzeug ihnen. »Der Zwölf-Wochen-vor-Weihnachten-Plan der Firma Clarke ging jedes Jahr auf«, sagt der Ur-Dubliner Erzähler Eamonn Mac Thomais. »Und das war gut so. Ohne diese geschickte Werbemaßnahme hätte wohl manches Kind in Inchicore und Kilmainham am Weihnachtsmorgen überhaupt kein Spielzeug bekommen. Auch vom erzieherischen Standpunkt aus war eigentlich nichts daran auszusetzen.«

Vor allem bei ärmeren Familien ist es üblich, die Kinder zu Weihnachten von Kopf bis Fuß neu einzukleiden. Das kostet ein Vermögen, auch wenn man nicht neun Kinder hat, und weil zu Weihnachten ohnehin jede Menge Sonderausgaben anfallen, bieten auch Bekleidungsgeschäfte eine Art Jahresplan: Man fängt im Januar an, ein paar Pfund im Laden abzugeben, und am Jahresende löst man die angesparte Summe ein. Sogar Fleischerläden, jedenfalls in den Vierteln mit hoher Arbeitslosigkeit, bieten einen Truthahn-Sparplan an. Doch meistens stürzen sich die Leute zu Weihnachten in Schulden und stottern sie das nächste Jahr lang ab. Weihnachten ist die Zeit für Kredithaie, und anders als in Deutschland sind Wucherzinsen keineswegs illegal. Selbst die Banken nehmen fast

30 Prozent, wenn du deine Kreditkartenrechnung nicht termingerecht auf Heller und Pfennig begleichst.

Nur bei Alkoholika gibt es keine Teilzahlungsmöglichkeit, dazu ist die Ware wohl zu vergänglich – und in manchen Fällen nicht mal echt: Jedes Jahr tauchen vor Weihnachten Fälschungen berühmter Marken auf. Manche sind leicht zu erkennen, weil das Plastiksiegel zerbrochen ist. Jemand hat einfach die leeren Flaschen eingesammelt und sie mit billigerem Fusel gefüllt. Die Betrüger setzen wohl darauf, daß bei den Mengen, die die Leute einkaufen, niemand so genau darauf achtet. Andere Fälschungen sind nur von geübten Trinkern auszumachen. In Worcestershire haben sie vor ein paar Jahren eine Palette Champagner einer bekannten Firma sichergestellt. Die Etiketten enthielten einen kleinen Fehler, so ist man den Fälschern auf die Spur gekommen. Doch wer nicht täglich Champagner trinkt, hätte das weder am Geschmack noch am Etikett bemerkt. Manchmal kaufen sogar Kneipiers solche Flaschen billig ein, wenn ihnen der üppige Weihnachtsprofit nicht ausreicht. Bei Mischgetränken ist eine Fälschung besonders schwer festzustellen. In Dublin ist vor Jahren ein Wirt verurteilt worden, weil er zu vorgerückter Stunde die Wodkagläser nur mit dem Rand in Wodka eintauchte, aber das Glas dann mit Wasser füllte. Zugegeben, der Kunde, den er übers Ohr hauen wollte, hatte bereits genug intus, aber Strafe zahlen mußte der Wirt dennoch.

Doch zurück zu den Händlern, die von Tür zu Tür gehen. Sie können ihnen nur entgehen, indem Sie entweder eine wasserdichte Ausrede parat haben (»Wir sind Anhänger des Konfuzianismus und leben nach dem chinesischen Kalender«) oder vorsichtig durch die Gardine spähen, bevor Sie die Tür öffnen. Aber Achtung: Manch Devotionalienhändler ist mit allen Wassern gewaschen und achtet auf die kleinste Bewegung des Vorhangs.

Wenn Sie Pech haben, schwatzen sie Ihnen noch am Heiligabend ein Dutzend Weihnachtskarten mit religiösen Motiven auf.

Grußkarten zu Weihnachten haben eine zentrale Bedeutung in Irland, sie können einen alten Streit beilegen oder auch für Verstimmung im kommenden Jahr sorgen – wenn man jemanden auf der Liste vergessen hat. Die Iren schreiben nahezu jedem Menschen, den sie kennen, zu Weihnachten eine Karte. Selbst unsere Nachbarn schicken uns alljährlich eine per Post, obwohl der Weg zum Briefkasten unendlich viel weiter ist als zu unserer Haustür, aber wer die Karten persönlich verteilt, gilt als knauserig. Der Briefträger muß das Zeug in den Adventswochen auch samstags und sonntags austragen, manchmal sogar zweimal am Tag. Er hat den irren Weihnachtsblick, wenn er gebückt durch die Siedlung schleicht und einen schweren Sack hinter sich herzieht. Verwechseln Sie ihn nicht mit dem Weihnachtsmann, Frau Rönneburg, und wünschen Sie ihm keinesfalls fröhliche Weihnachten. Sprechen Sie ihn am besten gar nicht an.

Für den Postboten ist der Kartenwahn besonders ärgerlich, denn er weiß ganz genau, daß die Millionen von Karten nichts außer dem vorgedruckten Weihnachtsgruß und einer Unterschrift enthalten. Geübte Kartenschreiber bringen es auf 70 bis 80 Stück pro Stunde, einschließlich der Adresse. Und jeder hält ein paar Ersatzkarten bereit, falls Post von jemandem eintrudelt, den man wider Erwarten nicht auf der Liste hatte. Wir bekommen jedes Jahr rund hundert Karten. Hinzu kommen die Weihnachtsgrüße von Geschäften, die ihre Stammkundschaft damit bombardieren. Kauft man einen teuren Mantel, erwirbt man auch das Recht auf eine Weihnachtskarte. Ich stehe beim Getränkehändler auf der Kartenliste, merkwürdig.

Was macht man mit all diesem Altpapier? Die meisten

spannen eine Schnur im Wohnzimmer auf und befestigen daran die Karten mit Wäscheklammern. Andere stellen sie auf den Kaminsims im Wohnzimmer. Das ist für Iren und Engländer ein heiliger Ort, der nicht nur zur Aufbewahrung schnöder Familienfotos dient, sondern tiefe Einblikke in die Persönlichkeit des Kaminbesitzers zuläßt – das findet jedenfalls der englische Filmemacher Nicholas Barker, der Prominente in einer Serie von Talk-Shows über ihren Kaminsims ausfragen wollte – den »Reliquienschrein im Herzen jedes Hauses«, wie Barker das Psycho-Regal bezeichnete. Die 300 Persönlichkeiten, die er eingeladen hatte, darunter Margaret Thatcher und Madonna, lehnten jedoch allesamt ab. Haben sie etwas zu verbergen? Weihnachtskarten können es jedenfalls nicht sein, denn die meisten, wenn auch nicht alle, sind harmlos.

Wir verleihen am Heiligabend einen Preis für die gemeinste und geschmackloseste Karte. Einmal gewann der schriftstellernde Hooligan John McGuffin aus San Francisco. Seine Karte zeigte einen kleinen Jungen, der den Weihnachtsmann dabei beobachtete, wie er Geschenke in die Strümpfe am Kamin stopfte. »Es tut mir so leid, daß du mich gesehen hast, Timmy«, sagte der gutmütige Weißbart, »denn jetzt muß ich dich töten.«

Ein anderes Jahr ging der Preis an die nordirische Zeitschrift »The Big Buzz«, die selbstentworfene Karten an ihre Kundschaft verschickt hatte – eine harmlose Szene mit biblischen Figuren, der allerdings die Köpfe der Politiker aufmontiert sind, die im nordirischen Friedensprozeß eine Rolle spielen. Sinn-Fein-Präsident Gerry Adams, der Loyalist David Ervine und der britische Premierminister Tony Blair waren die guten Hirten, die Nobelpreisträger John Hume und David Trimble, gemeinsam mit US-Senator George Mitchell, der die Friedensverhandlungen geleitet hat, traten als Heilige Drei Könige auf. Und obendrüber schwebte Bill Clinton als Erzengel Gabriel.

Im Vordergrund waren die britische Nordirlandministerin Mo Mowlam und der reaktionäre Protestantenpfarrer Ian Paisley als Maria und Joseph zu sehen. In seinen Armen hielt Joseph Paisley das Christuskind – den Sinn-Fein-Vize Martin McGuinness. Das war zuviel für den echten Paisley-Sohn, der auch Ian heißt. Kurz zuvor hatte die Zeitschrift seinen Vater in die »Hall of Shame«, die Schandhalle, gewählt. Dafür erhielt der Herausgeber Barry O'Kane eine Reihe von Morddrohungen. Nun hatte er auch noch den kleinen Paisley am Hals. Der bekam einen Wutanfall, bezeichnete die Weihnachtskarte als »blasphemisch« und wetterte: »Sie ist böse und übel, und das zu einer Zeit, in der wir auf die zentrale Figur von Weihnachten blicken sollten.« Auf Vater Ian? Nein: »Auf Christus.« Der Innentext der Karte lautete: »Am Anfang schuf Gott Irland, und er sah, daß es frei von Unterhaltung war.« Dann schuf er den Paisley-Clan.

Meisterwerke des Bordrestaurantismus

Da fällt mir ein: Sie wollen sicherlich nicht nur in Berlin bleiben, sondern auch noch in andere Städte fahren, oder? Dann werden Sie hoffentlich Zug fahren und mir eine der Weihnachtskarten dort besorgen. Sie sollten aber grundsätzlich einige überlebensnotwendige Anweisungen beachten:

Entspanntes Reisen in Deutschland ist generell nur am Nachmittag des 24. Dezember möglich. Dann sind die Züge kaum ausgelastet; die wenigen Mitreisenden lesen Zeitung und schweigen. Ruhe und Gelassenheit herrscht in allen Waggons, auch im »Bordrestaurant, wo Sie Ihr Mitropa-Team gern erwartet« – und sogar bedient, das muß hier einmal gesagt werden. Zum weihnachtlichen Sonderpreis bekommt man einen Becher Kaffee und eine Scheibe Dresdner Christstollen. Man darf bloß nicht daran denken, daß der Christstollen für eines von Tausenden in Tücher gewickelten Kindern steht, die seinerzeit in Bethlehem gemordet wurden, dann schmeckt so eine Scheibe sehr gut.

Im Bordrestaurant liegen dann auch die herrlichen Mitropa-Weihnachtsfotopostkarten aus. Eines der schönsten Motive jüngeren Datums zeigte von links nach rechts: eine kurzhaarige Geschäftsfrau in cremefarbener Kostümjacke vor eisgeblümtem Fenster am weiß eingedeckten Mitropa-Tisch, darauf ein aufgeklappter

Laptop. In der rechten Hand hält sie ein gefülltes Sektglas. Ein Kristallglas übrigens, wie es die Mitropa nie und nimmer in Gästefinger geben würde – andererseits wird dafür beim Fototermin auch kein echter Sekt ausgeschenkt worden sein. Um den Hals trägt Madame einen schwarzen Rollkragen, eine silberne Kette und eine Luftschlange. Hinter ihrem Stuhl postiert, prostet der gleichfalls luftschlangenbewehrte Mitropa-Kellner in die Kamera. Nun fällt der Blick des Betrachters auf die Mitte des Bildes. Hier, leicht in den Hintergrund gerückt und von einem Weihnachtsbaum flankiert, hütet Ömchen ihre zwei vorschulaltrigen Enkel. Und während die Enkelin hold lächelnd an einem Schleifenband zerrt, das hinter dem Kopf ihres Bruders endet, klammert der sich mit einem seltsam verzweifelten Gesichtsausdruck an einen Geschenkkarton. Würgt ihn seine Schwester mit der Schlinge? Hier scheint sich ein erster Hinweis auf die Übermacht des Weiblichen zu finden.

Bis zu diesem Moment könnte man die Anordnung der Personen fast harmonisch nennen – links die Repräsentantin der 1. Wagenklasse, die sich zuversichtlich dem Jahresausklang, dem Ende einer Epoche, aber auch der Zukunft stellt, rechts die 2. Klasse, fest verankert im familiären Wertesystem, symbolisiert durch das ihr zugeordnete Fest der Liebe – aber eben nur fast. Denn da steht noch jemand im Raum, hier erfährt das Werk seinen wohlkalkulierten Bruch: Im Gegensatz zu allen anderen von Kopf bis Fuß abgebildet, strahlt vom äußeren Bildrand her eine weibliche Figur in den Raum. Ich beschreibe ihr Auftreten von oben nach unten: rote Weihnachtsmannmütze mit weißem Pelzkragen; paillettenbesetzter Badeanzug mit gekreuzten Trägern, glitzernde, eng anliegende Ärmelschoner mit Pelzbesatz; schwarze Strumpfhose, am Hinterteil ein weißer Puschel; rote Stulpenstiefel bis zu den Oberschenkeln –

schmerzhaft wird nun auch dem flüchtigsten Betrachter deutlich, daß Mitropa, die Göttin des Geschmacks, nie existiert hat. Sondern immer nur eine »Mitteleuropäische Schlaf- und Speisewagen-Aktiengesellschaft«.

Verzeihen Sie diesen Ausbruch, Herr Sotscheck, aber »Frohe Weihnacht und ein gesundes neues Jahr« gehört zu den Meisterwerken des Bordrestaurantismus. Seit ich diese Karten kenne, reise ich Heiligabend nicht mehr ohne Briefmarken, und ich möchte Sie sehr herzlich bitten, nach ihnen Ausschau zu halten und mir wenigstens ein Exemplar aufzuheben.

Außerhalb dieses Datums ist allerdings überhaupt nicht daran zu denken, späte Weihnachtsgrüße zu verfassen. Wer an den Weihnachtsfeiertagen einen der stets überfüllten Schnellzüge besteigt, hat sich hoffentlich einen Sitzplatz reserviert. Ärger erspart ihm das aber nicht. Zum Beispiel nützt es wenig, sich rechtzeitig einen Platz im Raucherabteil gesichert zu haben, weil schon bald ein Nichtraucher, meistens: eine Nichtraucherin, zusteigt. »Ach Gott«, sagt sie laut, sobald sie die Tür öffnet, »das ist ja furchtbar.« Während sie ihre Taschen und Pakete verstaut, hüstelt sie ein paarmal demonstrativ. Dann setzt sie sich neben Sie, rückt aber auf den äußersten Rand ihres Sessels und wedelt hektisch mit einer Zeitung durch die Luft – obwohl gerade niemand raucht.

Wenn Sie nicht verrückt werden wollen, müssen Sie das aber bald tun. Der nächste Beitrag der Nichtraucherin zum allgemeinen Wohlbefinden lautet nämlich, sie habe ja »nichts mehr im Nichtraucher bekommen«. Da sei schon alles belegt gewesen, klagt sie, ohne einen der Mitreisenden anzusehen. Dann taucht gewöhnlich der Schaffner auf. Die Nichtraucherin legt für einen Moment die Zeitung beiseite und fischt ihren Fahrschein aus der Handtasche. »Ach bitte«, sagt sie und setzt eine Miene auf, als sei man ihr eben noch kollektiv zu nahe getreten, »gibt es vielleicht noch irgendwo einen Nichtraucherplatz?«

Natürlich gibt es den nicht. Sie weiß das, der Schaffner weiß es, alle Aktivraucher wissen es. In diesem Moment geht es aber auch gar nicht darum, ob ihr der Herr in Uniform weiterhelfen kann – in diesem Moment entscheidet sich die Frage, wer den Rest der Fahrt auf dem Gang verbringen soll. Deshalb müssen Sie jetzt, unmittelbar nach der Fahrkartenkontrolle, eine Zigarette anzünden. Die schweigende Mehrheit des Abteils wird es Ihnen danken. Ich weiß das, denn ich bin in einer anderen Situation auch schon einmal von einem beherzten Mitreisenden beschützt worden. Da saß ein junger Mann hinter mir im Großraumwagen und langweilte sich so sehr, daß er bei jedem Halt ein Mobiltelefongebrüll führte. »Ich bin's ...«, begann er in Göttingen, »ich bin im Zug, genau.« Und nach einer kurzen Pause: »Jetzt in Göttingen« – »Ja, nach Berlin!« – »Um 21 Uhr 30!« – »Ja. Ich meld' mich dann wieder!« Wäre es bei diesem einen Gespräch geblieben, hätte man nichts dagegen sagen können. Vielleicht wollte der lärmende Mensch nur abgeholt werden in Berlin, um 21 Uhr 30. In Fulda – »Ich bin's ... im Zug, genau ... gerade in Fulda ... nach Berlin ... um 21 Uhr 30!« – war ich mir da nicht mehr so sicher, und als auch noch ein außerplanmäßiger Halt den Zug stoppte und mein irrer Hintermann die Gelegenheit sofort nutzte, die Außenwelt erneut über seinen Verbleib in Kenntnis zu setzen, verwarf ich die Theorie vollends.

Es ist nicht schön, einer telefonierenden Pest ausgeliefert zu sein. Es ist wie im Kino, wenn der für die Vorstellung zuständige Idiot einen komischen Dialog niederlacht, weil er sich schon nach dem ersten Witz nicht mehr zusammenreißen kann: Unwillkürlich entwickelt man Angst vor der nächsten Pointe. Bei mir löste die Ankündigung des Zugpersonals, daß wir in wenigen

Minuten einen weiteren Bahnhof erreichen würden, eine Panikattacke aus. Gleich geht es wieder los, dachte ich, gleich ist Ichbins wieder dran. Er wählte auch schon, ich konnte das Gepiepse hören. Doch bevor das Unvermeidliche geschehen konnte, trat mein Held auf den Plan. Ein beleibter Mann, der sich plötzlich über den Sitz der Nervensäge beugte und mitten in dessen einleitende Worte donnerte: »Er ist jetzt in Kassel und um halb zehn in Berlin! Er meldet sich wieder! Aber er wird bis Berlin nicht mehr telefonieren!« Es gab einen kurzen Szenenapplaus im Wagen, und dann herrschte tatsächlich Ruhe bis Berlin.

Mittlerweile hat sich die Bahn dieses Problems angenommen und Ruhezonen eingeführt. Man darf jetzt nur noch an speziell ausgewiesenen Plätzen telefonieren – ich halte das für eine enorme Verbesserung, besonders, da der Bahn sonst so wenig zuzutrauen ist.

Zum Thema »Bundesbahn bizarr« gehört zum Beispiel die Frage, warum auf den Gängen nicht mehr geraucht werden darf, im Wickelraum aber ein gigantischer Aschenbecher in die Verkleidung eingelassen ist; genausowenig begreife ich, warum man ausgerechnet im Videowaggon rauchen darf, den eben genau deshalb niemand freiwillig räumt – dabei könnte man hier ganz hervorragend hyperaktive Fünfjährige ruhigstellen. Die aber müssen wegen Bodennebels draußen bleiben, wo sie dann lärmen und Unheil anrichten. Gerade auf den erwähnten Weihnachtsfahrten: Einige Mütter animieren ihre lieben Kleinen, inmitten von Koffern und Reisenden ihr neues Spielzeug auf dem Gang auszubreiten, und beanspruchen wie selbstverständlich einen großzügig bemessenen Platz dafür. Aber wehe, Sie setzen Ihren Fuß versehentlich auf einen Legostein oder ein Playmobil-Männchen, einfach, weil Sie bei einer notwendig gewordenen Klettertour auch einmal irgendwo auftreten müssen: nicht einmal ein Fünfjähriger kann so empört schreien wie seine Mutter.

Und noch eine Anmerkung zum Gepäckwesen – natürlich sind alle Reisenden zu dieser Zeit in jeder Fahrtrichtung mit Geschenken beladen; sei es, um sie abzugeben oder um sie nach Hause zu tragen. Es bietet sich also an, den sogenannten Haus-zu-Haus-Service der Bahn in Anspruch zu nehmen. Ich möchte hiervor ausdrücklich warnen, denn er lindert keine Not. Zwar darf man sein Gepäck aus der Wohnung holen und an eine Adresse nach Wahl liefern lassen – um diesen Transport in die Wege zu leiten, genügt aber kein Anruf. Da müssen Sie schon persönlich auf dem Bahnhof vorstellig werden und ein Anmeldeformular ausfüllen. Ich würde es aber nicht wagen, bei dieser Gelegenheit die Tasche schon mitzubringen. Da ist sicherlich noch eine Vorschrift, die das verbietet.

Hallo, Taxi!

Zum Thema Reisen möchte ich Ihnen auch einen Ratschlag geben: Bewegen Sie sich über die Feiertage nicht allzuweit vom Haus weg, denn es ist wahrscheinlich, daß Sie nach Hause laufen müssen. In Dublin feiert man Weihnachten nämlich traditionell in langen Schlangen am Taxihalteplatz. Taxis sind ohnehin eine seltene Spezies in der irischen Hauptstadt, doch zum Jahresende sind sie fast ausgestorben. Das ist besonders ärgerlich, weil Weihnachten und Neujahr kein einziges öffentliches Verkehrsmittel unterwegs ist. Nicht, daß die Busse zu anderen Zeiten zuverlässig wären, doch hin und wieder läßt sich wenigstens einer blicken. Große Heiterkeit erregten die Dubliner Busbetriebe vor ein paar Jahren, als sie Fahrpläne an den Haltestellen aufhängten. Das sollte eine gewisse Regelmäßigkeit suggerieren, was von der Kundschaft freilich mit gehässigen Bemerkungen quittiert wurde. Einer schlug in einem Leserbrief sogar vor, die Fahrpläne bei einem großen Literaturwettbewerb in der Rubrik Science-fiction einzureichen.

Wenn man gleitende Arbeitszeit hat oder direkt am Busbahnhof wohnt, von wo die Doppelstöcker in Richtung Innenstadt ausschwärmen, hat man morgens im Berufsverkehr keine Chance: Die vollbesetzten Busse rasen an den Haltestellen vorbei. Heimtückischerweise stellen sie abends den Verkehr ein, bevor in den Pubs die Sperrstunde ausgerufen wird. Bei den Nachtbussen, die es neuerdings gibt, muß man die Fahrscheine vorher besorgen, und das erfordert Organisationstalent, was man aber nicht mehr hat, weil man ja im Wirtshaus war. Das gleiche gilt für ein neues System, das sich die Dubliner Stadtverwaltung ausgedacht hat: Wer zu betrunken ist, um nach dem Pubbesuch nach Hause zu fahren, kann sein Auto bis 10 Uhr am nächsten Morgen in der Innenstadt parken, ohne abgeschleppt zu werden. Der Nachteil: Die Parkgebühr muß im voraus bei der Stadtverwaltung entrichtet werden. Wer seinen Rausch aber so weit vorausplanen kann, sollte gar nicht erst mit dem Auto in die Stadt fahren. Als verantwortungsbewußter Trinker fährt man dann entweder vor der Sperrstunde mit dem Bus nach Hause, wozu man wiederum Disziplin und eisernen Willen benötigt, oder man hofft, wie wir, auf ein Taxiwunder.

Wir standen Weihnachten zwei Stunden in der O'Connell Street, Dublins Hauptstraße, an einem hübsch gelegenen Taxihalteplatz unter Bäumen, die weihnachtlich dekoriert waren. Vor uns wartete eine schlechtgelaunte Mutter, bepackt mit Kind und einer erstaunlichen Anzahl von Plastiktüten. »Ich sehe ein Taxi«, brüllte der Kleine auf einmal, und gut 200 Köpfe drehten sich in die Richtung, in die er zeigte. »Letzte Nacht will er Rudolf gesehen haben, das rotnasige Rentier des Weihnachtsmannes«, erklärte die Mutter entschuldigend und zog dem Balg die Ohren lang.

Dublin ist die Stadt mit der geringsten Taxidichte Europas, gerade mal 2400 Stück sind in der Millionenstadt zugelassen, und damit das so bleibt, haben sich die Inhaber der Taxilizenzen zu einer Interessengemeinschaft zusammengeschlossen. Solch eine Lizenz hat einen Marktwert von umgerechnet 200 000 Mark, selbst die Miete kostet 750 Mark die Woche. Der pensionierte Buchmacher Terry Rogers besitzt Lizenzen im Wert von drei Millionen Mark – »als Vorsorge für die Enkelkinder«.

Die Pläne der Stadtverwaltung, den Markt zu deregulieren, gefährdet die Zukunft der Taxi-Enkel und stößt bei den Lizenzhamstern auf erbitterten Widerstand. Wenn neue Lizenzen ausgegeben werden, dann müsse man für den Wertverfall entschädigt werden, so meinen sie. Um ihrer Forderung Nachdruck zu verleihen, demonstrieren sie hin und wieder mit einem Taxikorso durch die Innenstadt – ein erhebender Anblick, kommen die Droschken auf freier Wildbahn doch höchstens vereinzelt vor.

Die Taxifahrer, die letztes Jahr an den Feiertagen arbeiteten, konnten sich nicht beklagen. Wie jedes Jahr zu Weihnachten blies die Polizei zur »Operation Freeflow«, was bedeutete, daß sie auf die Einhaltung der Verkehrsregeln pochte. Wer falsch parkte, wurde gnadenlos abgeschleppt, Schupos hielten die Kreuzungen frei, und eine Hundertschaft bewachte die Busspuren, so daß kein Privatfahrzeug darauf fahren konnte – freilich auch kein Bus, denn die verkehren Weihnachten ja nicht. Für die Autos lief es aber wie am Schnürchen, alle lobten den Einsatz der Polizei, mit dem es allerdings zu Neujahr wieder vorbei war, und Dublin kehrte zum alten Chaos zurück. Nun freuen sich die Autofahrer auf nächstes Weihnachten.

Zur »Operation Freeflow« gehören seit einigen Jahren auch Alkoholkontrollen, denn der »Freeflow« gilt nicht für die Kehlen der Autofahrer. Kurz vor Weihnachten 1995 senkte die irische Regierung die Alkoholgrenze von 1,0 auf 0,8 Promille. Was die Autofahrer jedoch mehr empörte, war die Tatsache, daß die Polizei plötzlich anfing, die Einhaltung der Promillegrenze zu überprüfen. Bis dahin kannte man Alkoholkontrollen nur aus anderen Ländern, in Irland ging es großzügig zu. Nun aber malten die Wirtsleute den Untergang Irlands an die Wand: Wegen der Alkoholkontrollen würden sich weniger Menschen in den Pub trauen, vor allem auf dem Land, wo die Busse nur ein-, zweimal am Tag fahren. Weniger Kunden bedeuten weniger Einnahmen, argumentierten die Wirte durchaus logisch, und bei weniger Einnahmen müßte Personal entlassen werden. Da die Pubs aber eine Hauptattraktion für Touristen seien, würde ihr Niedergang unweigerlich zu einem Rückgang der Besucherzahlen führen. Das wiederum würde all jene Bereiche in den Ruin stürzen, die vom Tourismus leben. Kurzum: Irland war dem Untergang geweiht, und Schuld hatten einzig und allein die Alkoholkontrollen. Kaum war Weihnachten vorbei, da wurden die Kontrollen seltener, so daß die Grüne Insel noch mal mit dem Schrecken davonkam. Das soll aber keine Aufforderung sein, betrunken zu fahren.

Auch mit dem Radfahren ist das so eine Sache. Neuerdings gibt es sogar Radwege, doch bei uns in Glasnevin sind sie so angelegt, daß Sie sich als Radfahrer in Lebensgefahr begeben: Der Radweg verläuft ein Stück auf dem Fußweg, von dem er durch eine weiße Linie abgetrennt ist, doch urplötzlich wechselt er auf die Fahrbahn, bevor er wieder auf den Gehweg führt. Nach einer Weile hört der Zickzackkurs auf – es gibt für 200 Meter keinen Radweg mehr. Hier müssen die Räder offenbar getragen werden. In der Gegenrichtung teilen sich die Radfahrer die Fahrbahn mit den Bussen, was zu Weihnachten zwar ungefährlicher ist, weil es – wie gesagt – keine Busse gibt, doch weil das auch die Autofahrer wissen, schwenken sie schon mal in die Busspur, um rasant zu überholen.

Wenn Sie also einen heben wollen, Frau Rönneburg, sind Sie auf ein Taxi angewiesen. Probieren Sie doch den Halteplatz vor der Universität aus, dort soll gegen Mitternacht Glühwein serviert werden. Außerdem lernen Sie in der Taxischlange oft nette Leute kennen. Das junge Pärchen, das hinter uns stand, haben wir zu unserem Silvesterfest eingeladen, weil wir wissen wollten, wie es ihnen nach unserer unerwarteten Abfahrt ergangen war. Sie haben dann bei uns übernachtet, denn ein Taxi zu Silvester ist ebenso wahrscheinlich wie ein Sechser im Lotto.

Strohsterne basteln – ein erschütterndes Tondokument

Einen heben, Herr Sotscheck? Das kommt ganz auf die Gesellschaft an. Ich habe Ihnen eine Dokumentation auf Kassette mitgebracht, damit Sie mich besser verstehen. Es handelt sich um die Aufzeichnung eines freiwilligen Strohsternebastelnachmittags – hier, nehmen Sie meinen Walkman und hören Sie sich das einmal an:

Frau B.: Ah, schön, daß du da bist. Der Kaffee ist noch heiß, setz dich doch.

Herr F.: Danke. Soso, alles schon ausgepackt? Halme, soweit das Auge reicht? Prima. Ich habe mir übrigens erlaubt, ein Fläschchen Eierlikör mitzubringen ...

Frau C.: Ach Gott, das habe ich ja Jaaahre nicht mehr getrunken!

Frau K.: Ich auch nicht, aber aus gutem Grund. Damit habe ich mich während meiner Sturm-und-Drang-Zeit einmal ganz fürchterlich betrunken.

Frau C. (düster): Ich auch. Es war schlimm.

Frau B.: Ich nicht. Ich kenne das nur von Apfelkorn. Hier sind Gläschen!

Herr F.: Prost, die Damen!

(Man hört Geraschel. Offenbar werden Strohhalme und Bindfäden ausgeteilt.)

Frau B.: Leider haben wir nur zwei Scheren, aber das geht auch so, denke ich. Hach, ist ja lecker, dieser Eierlikör. Wie Nachtisch.
Frau K.: Also, wie geht das jetzt: Erst mal die Halme durchschneiden und dann übereinanderlegen?
Herr F.: Genau. Aber nacheinander, und zwar so ...
Frau K.: ... so?
Herr F.: Ja, fast. Früher, in der Schule ...
Frau C.: Möchte noch wer?
Alle: Gern!

(Gläserklirren, Geraschel)

Frau K.: Kann mal jemand da den Faden abschneiden?
Herr F.: Sicher. Sofort.
Frau C. (hämisch): Wie sieht das denn aus? Das wird doch nie und nimmer ein Stern – das kannst du höchstens beim Erntedankfest verwenden.
Herr F. (ernst): Erntedankfest. Ein wichtiger Tag war das damals für meine Familie. Wir lebten auf dem Land, und die Natur und ihre Produkte bedeuteten uns viel.
Frau B.: Meine Oma hat auch immer Eierlikör selbst gemacht. Der war köstlich!
Frau K.: Wohl wird das ein Schrohschdern!
Frau B.: Da! Mein erster ist fertig! Fast perfekt, würde ich sagen! Da fällt mir ein, ich müßte auch noch sowas wie Crème de Cacao im Schrank haben. Das paßt jetzt wohl am besten.
Herr F.: Sicher, ich wollte nicht wie meine Brüder in die Landwirtschaft, ich war ja auch ein zartes Kind ...
Frau C.: Ich sag' immer, entweder hat man die Geduld für komplizierte Bastelarbeiten oder man hat

sie nicht. Gott sei Dank gibt es heute schon viele Sachen fertig zu kaufen.

Frau K.: Selbstgemacht sieht aber schöner aus.

Frau C.: Ich bin jedenfalls froh, daß ich nicht auch noch Christbaumkugeln selber töpfern muß.

Frau K.: Die werden nicht getöpfert. Wir haben sehr schöne Christbaumkugeln aus dem Erzgebirge, die sind mundgeblasen.

Frau C.: Das ist ja ekelhaft.

Frau B.: Du kannst auch noch Kognak haben, wenn dir das lieber ist.

(Gerumpel, etwas geht zu Boden)

Frau K.: Och! Meine Halme! Jetzt ist alles durcheinander!

Herr F.: Himmel, ist mir das peinlich. Nein, bitte: ich bringe das in Ordnung.

Frau B.: Ist doch nur ein bißchen Likör. Das geht wieder raus.

Frau C.: Die Halme kleben. Ich kann keine Strohsterne basteln, wenn die Halme kleben.

Frau B.: Ich finde das gar nicht so schlecht. Guckt mal! So ist es viel einfacher, den Faden drumzuwickeln!

Herr F.: Vielleicht sollten wir uns aber darauf einigen, daß die Scheren nicht mit klebrigen Fingern angefaßt werden.

Frau C.: Unbedingt!

Frau B.: Nun habt euch doch nicht so. Hier, seht mal: Wenn man die Halme extra eintunkt, ist es sogar noch leichter.

Frau C.: Nein, das ist Verschwendung. Kann ich bitte noch ein Glas haben, bevor alles den Strohsternen geopfert ist?

Frau B.: Aber natürlich. Wer möchte noch?
Alle: Ich!

(Erneutes Gläserklirren, danach Rascheln, unterbrochen von gezischelten Sätzen)

Frau C.: Ich werde wahnsinnig. Ich kann nicht mehr. Außerdem hatte ich das nicht in der Schule.
Frau K.: Ich auch nicht, aber ich hab schon drei.
Herr F.: Sehr schöne Exemplare, übrigens. Sehrschönexemplare.
Frau C.: Wir sinnabermmernoch bei Strohsternen, oder?
Herr F.: Keinen Streit, bitte. Woissie Schere? Wossie – ach, is ja auch egal.
Frau K.: Und die B? Wo is die denn hin?
Frau C.: Badezimmer.
Herr F.: Oje.
Frau C.: Oja.
Frau K.: Müssen wir jetzt aufhören?
Frau B. (aus dem Off): Auf keinen Fall! Jetzt backen wir noch Plätzchen! Wer ist dabei?

(Hastiges Stühlerücken. Man hört die Wohnungstür zuklappen. Stille.)

Naßkaltes Wetter und wärmende Getränke

Was soll ich sagen? Auf der Grünen Insel hat Alkohol natürlich auch eine zentrale Bedeutung zu Weihnachten. In der modernen irischen Literatur drehen sich auffallend viele Weihnachtsgeschichten um diesen Aspekt. »Auf dem Nachhauseweg vom Hafen nahmen wir noch einen zur Brust«, schreibt der Nordire Sam McAughtry, »und und als wir die Kneipe verließen, schleppte ich ein gutes Dutzend Stoutflaschen mit, der erste Schub unserer Weihnachtsvorräte.«

Bei Bernard McLaverty heißt es: »McGettigan war ganz froh darüber, nicht verheiratet zu sein. Er konnte sich betrinken, wann immer er Lust dazu hatte, und mußte sich keine Sorgen um irgendwelche Kinder machen. Er war sein eigener Herr. Er konnte auch allein gemütlich Weihnachten feiern. Er kramte in seinen Taschen, nahm alles Geld heraus und zählte es. Das reichte sicher für ein paar Fläschchen.« Es wurde dann McGettigans bestes Weihnachtsfest, weil der Wirt die Tüten verwechselte und ihm statt seiner paar Flaschen Bier die Tüte des Richters mit vier Flaschen Schnaps aushändigte.

Der erste Feiertag ist neben Karfreitag der einzige Tag im Jahr, an dem die Pubs geschlossen sind, und das ist für viele eine Provokation, die zur Suche nach Alternativen inspiriert. Während man am Karfreitag zumindest auf dem Land mit einem Wirt ein geheimes Klopfzeichen ausmachen kann, um verbotenerweise an die Tränke zu gelangen, so ist das Weihnachten fast unmöglich, da sich kein Wirt hinter die Theke stellt, auch nicht für den besten Stammkunden. So deckt man sich zu Hause mit Getränken ein und besucht sich gegenseitig, um die Vorräte zu vertilgen. Wenn die Nachbarn klingeln und fröhliche Weihnachten wünschen, müssen Sie ihnen ein hochprozentiges Getränk anbieten, Frau Rönneburg, alles andere wäre ein Sakrileg.

Da man aber vorher nicht wissen kann, wer welches Getränk bevorzugt, sind irische Häuser zu Weihnachten so gut sortiert wie eine Kneipe, ganz im Gegensatz zum Rest des Jahres, denn in Irland wird im Pub getrunken, und zu Hause gibt es Tee. Darin sind die Iren übrigens mit 200 Litern pro Kopf und Jahr Weltmeister, beim Alkoholkonsum dagegen nur im europäischen Mittelfeld, was an der Viertelmillion Temperenzler liegt, die den Landesdurchschnitt drücken. Früher waren die meisten am Heiligabend abstinent, wenn man William Carleton glauben kann. Er schrieb 1833: »In vielen Teilen Irlands herrscht bei der Landbevölkerung nach wie vor die Ansicht, daß es Unheil bringe, sich in der Nacht auf Weihnachten dem Trunke hinzugeben; solch ein Vorurteil ist gewiß durch die Erinnerung an die häufigen Tragödien und Unglücksfälle gefestigt worden, welche sich zutrugen, als dieser Brauch noch mehr im Schwange war.«

Inzwischen ist dieser Brauch längst wieder im Schwange. Zu Weihnachten ist von Temperenz nicht viel zu spüren. Manche horten den zollfreien Einkauf vom Sommerurlaub bis Weihnachten, die meisten müssen jedoch zu den »Off-licenses«, wie die offiziellen Schnapsläden heißen. Wenn es nicht in einschlägigen Büchern anders beschrieben wäre, könnte man meinen, daß Weihnachten von den Besitzern der »Off-licenses« erfunden worden ist. Sie machen vor Weihnachten das Geschäft ihres Lebens. Unser Laden in Glasnevin räumt dann sogar die Kühlschränke weg, damit mehr Platz für lauwarme Ware und Kundschaft ist. Viele stellen Hilfskräfte ein, um mit dem Ansturm der Durstigen fertig zu werden. Wer früher Vorsorge treffen wollte, fuhr mit dem Schiff von Dublin nach Wales und kaufte auf Hin- und Rückfahrt im »Duty Free« ein: zwei Flaschen Schnaps, vier Flaschen Wein, und schon war der Fährpreis wieder hereingeholt. Für Raucher lohnte es sich erst recht, doch leider hat die Europäische Union im Sommer 1999 den Butterfahrten ein Ende bereitet, indem sie den zollfreien Einkauf bei Reisen innerhalb der EU abschaffte.

Der Truthahn kommt dem irischen Weihnachtsumtrunk sehr entgegen. Man schiebt den Vogel vormittags in die Bratröhre und muß sich nicht mehr um ihn kümmern, bis er gar ist – im Gegensatz zu einer Gans. Wir wollten vor einigen Jahren nur auf einen Sprung zu den Nachbarn, bevor wir die Gans brieten, doch aus dem schnellen Bier wurde ein Gelage, das sich bis in den Abend hineinzog. Unser Festmahl wurde dann kurz vor Mitternacht aufgetischt.

Allerdings ist man auch beim Truthahn nicht gegen widrige Umstände gefeit. Unsere Nachbarin Anne war bei Verwandten zu Besuch, während ihre Pute vor sich hin brutzelte. Der Schwager vertauschte ihre Maßangaben für das Mischungsverhältnis von Whiskey und Cola, und als Anne endlich den Weg nach Hause fand, war die Pute hinüber, die drei Kinder hatten sich bei der Verwandtschaft mit Masern angesteckt, und Weihnachten war gelaufen. Seitdem gibt es bei Anne am Weihnachtstag Spaghetti Bolognese aus der Tiefkühltruhe, der Truthahn wird erst am zweiten Feiertag serviert, wenn alle den Weihnachtskater auskurieren und an Besuche nicht zu denken ist – jedenfalls bei den meisten. Der Schriftsteller Maurice Kennedy schob den übermäßigen Alkoholgenuß auf den Kalender: »Es war ein unangenehmes Jahr: der Heilige Abend fiel auf einen Sonntag, und das bedeutete, daß Montag und Dienstag Feiertage waren und daß niemand sich die Mühe machen würde, sein Geschäft am Mittwoch zu öffnen, der bei uns ein ›Halbtag‹ ist. Am Samstag arbeitet ohnehin kein Mensch, folglich nahm die Trinkerei schon am Freitagmorgen um elf ihren Anfang. Am Donnerstag nach Weihnachten, als das Leben sich wieder sachte zu rühren begann, waren eine Menge Leute nach dieser ganzen Woche voller Feiertage in einem erbärmlichen Zustand. Ich vermute, daß am Neujahrsmorgen eine erhebliche Anzahl von Enthaltsamkeitsgelübden abgelegt worden sind. Und mancher würde selbst zu Ostern noch nicht besser dran sein. Der Anblick konnte mich geradezu heiter stimmen.«

Der IRA-Mann Bobby Devlin, der so manches Weihnachten im nordirischen Gefängnis Long Kesh verbracht hat, beschreibt das Gefühl am Morgen nach Weihnachten recht anschaulich: »Ich rappelte mich hoch zu meinem Spind, nahm ein Büchschen mit Andrews Heilsalz heraus und schüttete etwas davon in den Wasserbecher. Mein Kopf war so hochempfindlich gegen Lärm, daß ich den Becher inständig bat: Bitte nicht sprudeln.«

Ja, selbst im Gefängnis muß zu Weihnachten Alkohol her, was manchmal einen erstaunlichen Erfindungsreichtum auslöst. Mein Schwiegervater John Lyons wurde zu einer langen Haftstrafe verurteilt, weil er am Tag vor Heiligabend 1939 den größten Waffenraub in der irischen Geschichte begangen hatte. Er war mit zwei anderen IRA-Männern zum Fort der irischen Armee im Phoenix Park gegangen, bewaffnet mit einem Kuchen. Die Wache glaubte an ein Weihnachtspräsent, öffnete das Tor und blickte in eine Revolvermündung. Im Nu war die Besatzung des Forts, die wegen der Feiertage nur aus 14 Soldaten bestand, überwältigt. »Wir öffneten dann die Tore«, erzählte John, »und ließen 13 Lastwagen mit 50 IRA-Leuten ins Fort.« Innerhalb von zwei Stunden waren die Magazine leergeräumt, doch inzwischen hatte man in der Hauptkaserne in Dublin gemerkt, das im Fort etwas faul war, weil niemand auf Anrufe reagierte. So entsandte man eine Einheit. John und drei andere Männer, die den Rückzug sichern sollten, liefen den Soldaten genau in die Arme. John hatte sämtliche Taschen voller Revolver.

Der Überfall auf das Fort hatte Folgen, das Parlament verabschiedete einen Monat später ein Gesetz, das die Regierung ermächtigte, Internierungslager für IRA-Mitglieder einzurichten. 1945 wurde John ins Curragh-Lager südwestlich von Dublin verlegt. Das Curragh ist eine riesige Ebene aus Naturrasen, wo auch Pferderennen stattfinden. »Die Zeit im Lager war angenehmer als im Gefängnis«, erzählte John. »Wir hatten mehr Bewegungsfreiheit, weil die Wachmannschaft es mit den Vorschriften nicht so genau nahm. An eine Flucht war ohnehin nicht zu denken. Es gelang uns sogar, Weihnachten 1945 Poteen herzustellen.« Poteen ist schwarzgebrannter Whiskey. Die Schwarzbrennerei hat eine lange Tradition in Irland. In überlieferten Geschichten heißt es, daß manchmal sogar falsche Beerdigungen organisiert wurden, um das scharfe Getränk an der Polizei vorbeizuschmuggeln. Freunde des Poteen sagen ihm geradezu Wunderheilkräfte nach, wenn er sorgfältig gebrannt worden ist.

Aber um die Gesundheit ging es John bei der Schwarzbrennerei im Curragh weniger. Mit fünf anderen Gefangenen hatte er sich vorgenommen, Weihnachten zu einem Tag zu machen, den so schnell keiner vergessen würde. Zuerst mußte man freilich das Problem der Materialbeschaffung lösen. Ein Mitgefangener besorgte die Hefe: Er ließ sie sich vom Gefängnisarzt verschreiben, weil es angeblich das einzige Mittel war, das seinen kranken Magen beruhigen würde. Die zum Küchendienst eingeteilten Gefangenen zweigten täglich etwas Haferflokken ab. Ein Eisenrohr für den Destillierapparat wurde von einer Gefängnishütte abgeschraubt, von einem Armee-Jeep schnitt man einen Gummischlauch ab. Ein Gefangener stellte eine Bettlatte zur Verfügung, aus der John einen runden Deckel baute. Sonntags, wenn Gefangene und Wachmannschaft in der Gefängniskirche waren, kochte die Poteen-Bande die Zutaten auf dem Küchenherd. Danach schütteten sie die Flüssigkeit zum Fermentieren in Milchkübel. Der Fermentierungsprozeß war zwar ziemlich laut, doch der Wärter war alt und fast taub.

Das einzige Problem waren nun leere Flaschen, in die das Gebräu hineindestilliert werden mußte. Die Gefangenen ließen sich kistenweise Hustensaft verschreiben, aber die Flaschen reichten noch immer nicht. »Der faulste Gefangene war Brendan Behan, der später ein berühmter Dramatiker wurde und sich zu Tode soff«, erzählte John. »Er war sogar zu faul, um zur Toilette zu gehen. So hatte er einen geheimen Vorrat an leeren Flaschen unter seinem Bett, die er aus dem Fenster warf, wenn sie voll waren. Wir haben sie eingesammelt, uns aber verdammt genau gemerkt, welche Flaschen von Behan stammten. Zu Weihnachten bekam er dann ein paar seiner alten Flaschen zurück, frisch gefüllt mit Poteen aus dem Curragh.«

DU DARFST JETZT AUSPACKEN...
©TOM

Der mordende Gaumen

Lassen Sie uns noch etwas trinken, Herr Sotscheck. Hierzulande spricht man ja eher dem Rotwein zu – wegen der gefüllten Gans, die auf dem weihnachtlichen Speisezettel steht. Allerdings wächst auch die Zahl derer, die nicht einmal zum Fest gebratenes Federvieh auf dem Tisch stehen haben wollen; auch nicht, wenn es in einem selbstverwalteten Kollektiv aufgewachsen ist, gesund ernährt wurde und immer so lange draußen spielen durfte, wie es wollte. Früher sah man das anders, jedenfalls in Frankreich. Brillat-Savarin zum Beispiel befand in seiner 1826 erschienenen Schrift »Physiologie des Geschmacks«, die nach heutigen Maßstäben überhaupt nicht artgerechte Zucht von eßbaren Vögeln sei eine Optimierung der Schöpfung: »Wir bescheiden uns nicht mit den Eigenschaften, die die Natur den Hühnervögeln verliehen; die Kunst hat sie ergriffen, und unter dem Vorwand, sie zu verbessern, machen wir Märtyrer aus ihnen. Man raubt ihnen nicht bloß die Mittel zur Fortpflanzung, man hält sie auch einsam, wirft sie ins Dunkel, zwingt sie zu fressen und entwikkelt so in ihnen ein Embonpoint, der ihnen von Gott nicht bestimmt gewesen.« Als »großer Teleologe« war er »fest überzeugt, daß die ganze Familie der hühnerartigen Vögel ausschließlich erschaffen ist um unserer Speisekammern willen und unseres Diners.«

Man kann natürlich auch einen Gemüsestrudel mit Gemüsesauce machen, mit fein geschnittenen Karotten, Lauch, Zucchini und Sellerie, mit Tofu und Ei. Vor allem, wenn man Strudel und Sauce etwas Sahne gönnt und den Muskat nicht vergißt, ist das eine leckere Angelegenheit. Zeitaufwendig ist das natürlich auch, aber ohnehin ist ja nicht einzusehen, weshalb man sich ausschließlich zu datumsabhängigen Anlässen dem fröhlichen Spachteln widmen soll. Der Deutsche macht das aber gern. Ich meine nicht den gelegentlichen Sonntagsbraten, der aufgrund seiner langen Zubereitungszeit mit Recht, wenn die Gewerkschaften weiter tapfer bleiben, auf den einzigen bratentauglichen Tag der Woche festgelegt ist: Es muß stets ein Grund her, sich irgendwelchen Leckereien hinzugeben, und das ist dann Ostern, Weihnachten oder der Geburtstag. Die Vorstellung, einen Abend mitten in der Woche, nur weil es so gut schmeckt, zu Hause etwas Schönes zu essen, gilt als abwegig. Wenn man das tun will, geht man aus.

Daran haben auch die inzwischen zahlreich auf dem deutschen Markt vertretenen Kochzeitschriften nichts ändern können, die auch nur zwischen dem schnellen Gericht für den Single und dem vorbereitungsintensiven mehrgängigen Menü für Gäste unterscheiden. Darüber hinaus gilt als Festmahl nur, was übermäßig füllt. Die Sättigungsbeilage mag ein originär ostdeutscher Begriff sein, der Westdeutsche kennt sie aber genausogut: Es ist das erklärte Ziel der Bewohner der Bundesrepublik, sich im Zuge eines jeden großen Essens bewegungsunfähig zu futtern. Der stolz hervorgestreckte Wanst nach solchen Gelagen beweist, daß man versteht zu leben.

Dabei könnte man es doch mit Brillat-Savarin halten: »Das Tafelvergnügen gehört jedem Alter, jedem Stande, allen Ländern und Zeiten; es schließt sich allen anderen Genüssen an und bleibt am Ende, uns über deren Verlust zu trösten.«

Aber zurück zu jenen, die das klassische Weihnachtsessen verschmähen. Besonders schwierig wird es nämlich dann, wenn die unterschiedlichen Präferenzen bei der Nahrungsaufnahme auf einem Generationenkonflikt beruhen. Letztes Jahr staunten jedenfalls gewiß nicht wenige Eltern, daß ihre pubertierenden Kinder in letzter Zeit so seltsam geworden waren und weder Heiligabend noch an den Weihnachtsfeiertagen Würstchen oder Truthahn essen wollten, sondern statt dessen um ein Pfund Blumenerde baten. Schuld war die Jugendzeitschrift »Bravo«, die einen uralten Trend ausgegraben hatte. Vor vielen, vielen Jahren nämlich, als diese Kinder noch nicht die »Bravo« lasen, sondern Märchenkassetten hörten, entstand in Amerika eine neue Musikrichtung namens Straight edge bzw. gerade Kante. Straight-edge-Musik hat nichts mit Techno oder Hiphop zu tun: Es handelt sich hier, wie du vielleicht weißt, um eine heftige Variante des guten alten Rock 'n' Roll.

Das aber hat noch nichts mit den neuen Ernährungsgewohnheiten deutscher Kinder zu tun – das sind vielmehr die Texte und das Benehmen der Straight-edge-Bands. Im Gegensatz zu Rockmusikern propagieren die Vertreter der Straight-edge-Fraktion ein gemäßigtes Leben. Alkohol nehmen sie selten zu sich – ein Bier im Monat gilt schon fast als lasterhaft –, und auch andere Drogen sind komplett vom Speiseplan gestrichen, weshalb die Tradition des Hotelzimmerverwüstens durch Rockbands in diesen Jahren ernsthaft gefährdet war.

Man muß Eltern aber grundsätzlich davon abraten, auf der Stelle den nächsten Plattenladen zu stürmen und ein paar schöne Geschenke für Ihre Brut zu erwerben. Straight-edge-Vertreter sind nämlich auch überzeugte Tierrechtler und: Veganer. Das wiederum hat nichts mit dem Planeten Vega zu tun, sondern mit einer Spielart des Vegetarismus: Während Vegetarier bekanntermaßen keine Tiere essen, aber tierische Produkte zu sich nehmen, verzichtet der Veganer auf jegliche »Ausbeutung von Tieren«, wie er es nennt. Der konsequente Veganer ißt weder Eier noch Joghurt oder Käse. Seine Überzeugung lautet: »Käse ist Folter – Kuhmilch ist für Kälber.« Und mehr noch: der Veganer trägt auch keine Lederschuhe, und Wollmützen hält er für ein höchst verwerfliches Kleidungsstück: Wolle stammt von versklavten Schafen. Der Unterschied zwischen Vegetariern und Veganern ist also ungefähr wie der zwischen der CDU und den Nationalsozialisten.

Falls Sie jetzt überlegen, wovon in aller Welt sich der Veganer wohl ernähren mag – besonders, wo er doch auf das Bier verzichtet –, sag' ich's Ihnen gleich: Es ist nicht immer Tofu. Ich will nicht allzusehr ins Detail gehen, aber Tofu ist unter Veganern sehr umstritten. Tofu wird aus demselben Sojaschrot hergestellt, der auch als Futtermittel für Tiere dient – und zwar für jene Tiere, die für den Schlachthof bestimmt sind. Strenge Veganer lehnen daher auch Tofu ab, denn: Wer Tofu ißt, unterstützt damit die Schlachttierproduktion.

Das alles will man nicht unbedingt wissen, und auch die irritierten Eltern wußten noch nicht recht, warum sie das wissen sollten. Diejenigen aber, die sich aus erzieherischen Gründen mit der Welt ihrer Töchter oder Söhne auseinandersetzen und ab und an einen Blick auf den Jugendzimmerfußboden und in die »Bravo« werfen, machten eine Entdeckung: »Bravo« hatte sowohl Straight edge als auch Veganismus zum neuen Kult erklärt. Zusätzlich waren auf einer reichhaltig illustrierten Doppelseite die nötigen veganen Accessoires abgebildet, garantiert tierproduktfrei: Eine hübsche Auswahl von Ansteckern, unter anderem bedruckt mit der Parole »Zoo Zirkus Nein« – wenn man sie nicht ißt, darf man sie auch keine Kunststückchen machen lassen – sowie der freundlichen Erinnerung »Schlachthof: Dein Gaumen läßt morden.« Sicher, die Frage, wie denn so ein Gaumen morden läßt, bleibt ungeklärt. Operiert er, wie der Pate, von einer Villa aus? Erteilt er Aufträge? Reicht eine einfache Geste: Gaumen runter?

Die Eltern blieben entsprechend ratlos zurück. Was sollten sie auch sagen? »Eine Wissenschaft, die den Menschen ernährt, wäre mindestens so viel wert wie eine, die lehrt, ihn zu töten«, wie Brillat-Savarin meint? Damit wäre der Bruch dann wohl endgültig vollzogen, die Kinder womöglich schon auf dem Weg in eine vegane Siedlung, wo Mensch und Tier friedlich zusammenleben.

Nein, als ihre Sprößlinge den schönen Weihnachtsbraten zurückwiesen und auch noch einen Vortrag halten wollten, schwiegen sie um des lieben Friedens willen und opferten ein paar Zweige Ihres Tannenbaums für die Brut. Man läßt sie auf kleiner Flamme etwa zwanzig Minuten köcheln und schreckt sie dann ab. Die Tannenzweige natürlich.

PEKING...
A L'ORANGE...
PEKING...
A L'ORANGE...
PEKING...
©TOM

Truthahn bis zum Abwinken

Vergessen Sie die Weihnachtsgans, Frau Rönneburg. In Irland regiert der Truthahn – und wie: Der Dezember ist der Monat der Völlerei, da glühen alle Backröhren, ganze Scharen von Großgeflügel wandern in irische Mägen. Weil es Tradition ist, beginnt man damit bereits gegen Ende November und läßt es sich bis in den Januar hinein schmecken. Was soll man auch sonst machen? Draußen regnet es, und die Fastenzeit kommt früh genug.

Truthähne hatten nicht immer diesen – für die Tiere eher ärgerlichen – Stellenwert auf der irischen Weihnachtsspeisenkarte, früher war die Gans beliebter. James Joyce beschrieb das in seiner Erzählung »Die Toten«: »Eine fette Gans lag am Ende des Tisches, und am anderen Ende lag auf einer Lagerstatt aus geknittertem, mit Petersilienzweigen übersätem Papier ein mit Brotkrumen bestreuter großer Schinken, dessen Außenhaut entfernt und um dessen Knochen eine gefällige Papierkrause gewickelt war, um die herum gewürztes Rindfleisch lag.«

Der Ernährungsfachmann Jürgen Schneider erzählt in seinem Buch »Irisch Kochen« von einem Ritual, das am Martinstag vollzogen wurde, bevor man sich das Geflügel einverleibte: »Die Gans oder ein Huhn wurde an diesem Tag vor dem Haus geschlachtet und dann, noch blutend, ins Haus getragen. Das Blut wurde in alle vier Ecken des Hauses verspritzt – eine symbolische Handlung, um für das kommende Jahr Glück zu garantieren und Not abzuwenden.« Rituelle Schlachtungen sind in diesem Jahrhundert außer Mode gekommen. Als die kleine jüdische Gemeinde der Stadt Limerick im Westen Irlands 1904 einige Tiere auf der Straße rituell schlachtete, nahm das der antisemitische katholische Pfarrer John Creagh unter anderem zum Anlaß, ein Pogrom zu organisieren, unter dem die jüdische Bevölkerung der Stadt zwei Jahre lang leiden mußte.

Doch zurück zur Martinsgans: Der Übersetzer Harry Rowohlt kennt ein solches Exemplar mit Lohengrin-Syndrom. Die Gans war in Zeltingen an der Mosel kurz vor dem Martinstag ausgebüchst und fand bei Schwänen Unterschlupf. Sie machte einen langen Hals und ging fortan als Schwan durch. »Nie sollst du mich befragen«, meint Rowohlt. »Wenn das nicht ein Lohengrin-Syndrom schwerster Art ist.«

Der Truthahn kam mit den Siedlern während der Tudor- und Stuartzeit nach Irland, seit dem 18. Jahrhundert hat er die Gans als Weihnachtsbraten immer mehr verdrängt. Heutzutage gilt eine Gans offenbar als exotische Delikatesse. Wir hatten sie drei Monate vor Weihnachten bei unserem Fleischer bestellt und ihn wöchentlich daran erinnert. Am Heiligabend schob er ein gefrorenes polnisches Exemplar über den Tresen, das sich als so zäh entpuppte, als habe es den weiten Weg aus Osteuropa zu Fuß zurückgelegt. Umgerechnet hundert Mark wollte er für das ungewöhnlich abgemagerte Tier haben, dafür hätte man eine fette Truthahnfamilie bekommen.

Wo Sie gerade von Veganern gesprochen haben, Frau Rönneburg – einmal hatten wir auch welche über Weihnachten zu Besuch. Freunde aus England hatten angerufen und gefragt, ob sie uns ihren Sohn samt Freundin über die Feiertage aufhalsen könnten. An Vegetarier sind wir gewöhnt, unser Sohn ist auch einer, aber mit der verschärften Form hatten wir noch keine Erfahrung gemacht. Ich wußte auch gar nicht, daß die Verbotsliste so lang ist, wie Sie eben aufgezählt haben. Klar war mir aber, daß das braune irische Brot, mit Buttermilch gebacken, out war. Die zulässige Ersatzware, die wir besorgt hatten, war jedoch so furztrocken, daß sie im Toaster selbst auf niedrigster Stufe verglühte. Man mußte die Stullen nach wenigen Augenblicken mit der Gabel aus dem Gerät herausfischen, ohne dabei in die Heizspiralen zu stechen, so daß man nicht selbst verglühte. Damit das staubige Brot überhaupt durch die Kehle rutschte, mußte es eingefettet werden. Das war kein Problem: Der Supermarkt hielt eine geeignete Veganer-Margarine bereit. Doch was dann? Wurst, Käse, Marmelade und Nutella – alles voller Tiere oder deren Produkte. Cornflakes mit Wasser? Saziki ohne Quark? Strudelloser Apfelstrudel? In meiner Ahnungslosigkeit fielen mir nur Bananenbrote ein.

Das Problem löste sich dann von selbst. Als Garth und Sophie ihre nassen Leinenschuhe auf die Heizung gelegt und ihre synthetischen Pullover ausgezogen hatten, entdeckten sie die Hauskatze, ein Karnivore ersten Ranges. Angewidert beobachteten sie, wie das Tier eine rohe Makrele verputzte. Damit war ihnen der Appetit vergangen. Haben Veganer überhaupt so etwas wie Appetit? Jedenfalls desinfizierten die beiden mißtrauisch den Löffel, mit dem sie den Zucker im milchlosen Kaffee umrührten. Hätte ja sein können, daß er irgendwann einmal mit einem Joghurt in Berührung gekommen war. Wir haben nie herausgefunden, was Garth und Sophie an diesem Wochenende eigentlich zu sich genommen haben.

Als ich ein Erinnerungsfoto machen wollte, war ich endgültig unten durch. Die beiden sprangen entsetzt auf. »Um Himmels willen«, rief Garth, »die Filme enthalten Gelatine!« Egal. Auch ohne Foto werden wir uns an dieses

Weihnachten immer erinnern. Ich versuchte, Garth mit einem unverdächtigen Ingwerkeks zu besänftigen, doch die Dinger waren so scharf, daß man höllischen Durst bekam. Der Eierlikör blieb natürlich im Schrank, aber daß auch Wein auf dem Index stand, war mir neu. »Es gibt nur eine Marke, die keine tierischen Produkte gegen die Trübung des Getränkes verwendet«, verkündete Sophie. »Und zwar eine kalifornische.« Mein australischer Tropfen war mit Pauken und Trompeten durchgefallen.

Wenigstens im Pub dürfte es keine Probleme geben, dachte ich mir: Mineralwasser und Bier, Orangensaft und Malzwhiskey – alles erlaubt. Doch daraus wurde nichts: Die beiden waren am Heiligabend um acht fix und fertig von der Reise und mußten ins Bett. Klarer Fall von Jetlag. Der Flug von Bristol hatte 25 Minuten gedauert. Muß wohl an der Ernährung liegen.

Wir aßen am nächsten Tag, nachdem wir Garth und Sophie auf einen Spaziergang geschickt hatten, dennoch unsere Gans, während der Rest der Nation Puten briet. Die haben, wie ich bereits erwähnte, einen unschätzbaren Vorteil: Sie müssen nicht ständig beschöpft werden, sondern brutzeln einsam vor sich hin, während die Brateneigentümer die Nachbarschaft abklappern und einen Aperitif nach dem anderen zu sich nehmen.

Am besten ergeht es den Dubliner Familien, die Verwandte auf dem Land haben. Die schicken dann nämlich einen gerupften Truthahn mit der Bahn in die Hauptstadt. Es ist ein eindrucksvolles Bild, wenn der Geflügelwaggon geöffnet wird: Da hängen Hunderte von Putern in Reih und Glied an Haken von der Decke, ums Bein haben sie ein Namensschildchen gebunden – natürlich nicht mit dem Namen des Truthahns, sondern des Empfängers, damit er seinen Braten identifizieren kann. Ob das Geflügel glücklicher als die Batteriegenossen ist, muß bezweifelt werden. Eine Nachbarin erzählte, daß ihre Tante jedes Jahr ab Ende November die Truthähne einzeln ins Wohnzimmer zerrt und jedem Tier mit einem Holzlöffel Kartoffelbrei in die Kehle drückt – wegen des Gewichts.

Wer keine Verwandten auf dem Land hat, muß sich selbst um den Braten kümmern. Das sollte man jedoch nicht erst in letzter Minute tun, denn dann ergeht es einem wie Carmel, die das Weihnachtsgeflügel erst am Heiligabend kaufen wollte, weil dann angeblich die Preise herabgesetzt würden. Welch Irrtum: Frische Truthähne muß man vorbestellen, denn kein Fleischer legt sich auf Verdacht einen Vorrat an, der dann über die Feiertage im Geschäft vergammelt. Carmel mußte am Ende einen gefrorenen Puter kaufen und ihm die Beinchen absägen, damit er in die Mikrowelle zum Auftauen paßte.

Noch schlimmer erging es unseren Freunden Mary und Robbie. Als sie um ein Uhr nachts vom Umtrunk bei Nachbarn zurückgekehrt waren, wollte Mary die Pute ausnehmen und füllen, damit sie am nächsten Morgen gleich in die Bratröhre geschoben werden konnte. Der Vogel war jedoch schlecht. Als sie Robbie die Hiobsbotschaft überbrachte, fragte er, woher sie das wisse. Weil er angegammelt rieche, antwortete Mary. »Was mußtest du auch daran riechen«, gab Robbie verärgert zurück. Wo sollte man in der Nacht vor Weihnachten einen Ersatzvogel herbekommen? In ihrer Verzweiflung klingelte Mary ihren Bruder aus dem Bett. »Kennst du jemanden«, fragte sie, »der zwei Truthähne hat? Vielleicht ein Gewinn bei einem Golfturnier? Bei jedem Golfturnier im Dezember gibt es doch Puten zu gewinnen.« Fünf Minuten später rief der Bruder zurück: »Morgen früh um neun triffst du meinen Schwiegervater auf dem Parkplatz der Kneipe Halfway House am Stadtrand. Er hat einen weißen Vollbart und fährt ein rotes Auto mit Schiebedach. Im Kofferraum ist ein Truthahn.«

Fast genauso wichtig wie der Truthahn ist der gekochte Schinken. Marys Eltern hatten früher einen Fleischerladen in einer ziemlich armen Gegend. Weil kaum einer der Kunden einen Topf besaß, der groß genug war, um den Schinken zu kochen, übernahm Marys Vater das. Die Kunden suchten ihren Schinken aus, bezahlten und holten ihn am Heiligabend ab. Da er ein ehrlicher Fleischer war, stellte sich ihm das Problem, wie er die hundert Schinken auseinanderhalten konnte. Man konnte sie ja nicht beschriften. Dann kam ihm die Idee, die Schinken mit einer Schnur zu markieren. Er führte genau Buch: »Mrs. Murphy, lange Schnur mit drei Knoten. Mr. O'Donohue, kurze Schnur mit zwei Knoten.« In der Weihnachtshektik ging dennoch meist etwas schief. »Wenn kurz vor Ladenschluß alle Schinken weg waren, kam garantiert noch irgendein Kunde, der einen Schinken vorbestellt hatte«, erzählt Mary. »Er bekam dann unseren. Obwohl mein Vater in den Tagen vor Weihnachten mehr als hundert Stück davon gekocht hatte, waren wir stets die einzige Familie, die Weihnachten ohne Schinken dasaß.«

Einmal wären sie fast ohne Truthahn dagesessen. Die Mutter hatte es sich in den Kopf gesetzt, das Tier im alten Kohleherd zu garen, weil es angeblich besser schmeckte als aus dem Gasofen. Weil der alte Herd aber nicht mehr richtig zog, erreichte er nicht die nötige Temperatur, so daß die Pute praktisch roh war, als die ersten Gäste eintrafen. So mußte man das Tier in Kleinteile zerlegen und doch noch im Gasofen braten.

Die Schrifstellerin Clare Boylan hatte, als sie noch ein Kind war, ihre eigenen Ansichten über Truthähne: »Es war ein riesiges, dinosaurierhaftes Vieh, dessen blasse Nacktheit geradezu anstößig wirkte. Man hätte ihm am liebsten etwas übergezogen, wenigstens ein Unterhemd. Während wir unter unserem Weihnachtsbaum das neue Puzzlespiel zusammensetzten, drangen aus der

Küche die Geräusche eines verzweifelten Kampfes. ›Jetzt geh' schon endlich 'rein‹, stöhnte Mutter, die sich abmühte, den Vogel ins Backrohr zu zwängen.«

Da auch die irische Familie inzwischen auf durchschnittlich 2,11 Kinder geschrumpft ist, was allerdings immer noch EU-Rekord ist, reichen Mastpute und Schinken heutzutage mühelos bis zum Jahresende. Die Begeisterung für das Großgeflügel läßt nach Weihnachten jedoch von Tag zu Tag nach, spätestens in der ersten Januarwoche lechzt die gesamte Bevölkerung nach Fish and Chips. Doch was soll mit dem teuren Puter geschehen? Eine Bekannte steckte am Neujahrsabend die Überreste in die Küchenmaschine, goß Unmengen Weißwein dazu und verwandelte das verhaßte Tier in eine »französische pâté«. Nach zwei Tagen kam man ihr auf die Schliche, weil sie über die Feiertage erwiesenermaßen zwei Puter gebraten hatte, aber mit den Überresten dennoch nicht hausieren ging.

Mit dem Weihnachtsmahl ist die Truthahnplage freilich noch nicht vorbei. Am 6. Januar feiert Irland »Nollaig na mBan«, das Weihnachtsfest der Frauen. Ursprünglich soll dieses Datum der Geburtstag Christi gewesen sein, der durch den Wechsel zum gregorianischen Kalender aber um zwei Wochen vorverlegt wurde. Wie dem auch sei: An diesem Tag sollen die irischen Männer ihren Frauen einen Truthahn braten, doch wie Weihnachten bleibt das an den Frauen hängen.

John wollte es anders machen. Er bestellte das Tier beim Fleischer, lud die halbe Verwandtschaft ein und war fest entschlossen, die Zubereitung selbst zu übernehmen. Da er kein Auto besitzt, bat er mich, das schwere Tier am Vortag abzuholen und zu ihm nach Hause zu transportieren. Er gab mir den Hausschlüssel, weil er erst nachmittags aus dem Büro kommen würde.

Gesagt, getan. Leider ritt mich im Fleischerladen der

Teufel, und ich kaufte außerdem ein erbärmlich aussehendes Hühnchen zum Sonderpreis von fünf Mark. Das legte ich auf Johns Küchentisch, daneben einen Zettel: »Der Fleischer sagte, es seien nur relativ kleine Truthähne von Weihnachten übriggeblieben.« Das echte Tier schob ich hinter die Couch und drückte sie wieder fest an die Wand, was ein knackendes Geräusch auslöste. Doppelter Flügelbruch, so wurde später diagnostiziert.

Am Nachmittag rief John hellauf entsetzt an: »Wir sind morgen sieben Leute zum Essen, und diese verdammte Pute ist kaum größer als ein Hühnchen. Wo soll ich denn morgen früh ein Ersatztier auftreiben? Was hast du für den Murkel eigentlich bezahlt?« Er sei sehr billig gewesen, weil er nicht ganz die Standardgröße erreicht habe, sagte ich. »Standardgröße«, japste John, »das Vieh muß geschlachtet worden sein, kurz nachdem es ausgeschlüpft ist.« Er solle eben etwas mehr Gemüse und Kartoffeln kochen, riet ich ihm.

Eine halbe Stunde später bekam ich ein schlechtes Gewissen und rief John an, der inzwischen einen Sack Kartoffeln geschält hatte, um die Gourmet-Verwandtschaft am nächsten Tag satt zu bekommen. Der richtige Vogel sei hinter der Couch versteckt, verriet ich ihm. Sein Aufschrei klang nicht erleichtert, wie ich erwartet hatte, sondern vielmehr panisch. Das letzte, was ich hörte, bevor er den Hörer aufknallte, war: »Die verdammte Katze! Sie ist vor zwanzig Minuten mit Besteck und einer Serviette hinter der Couch verschwunden!«

Dann wurde es doch noch ein schönes Essen. Die Bißwunden hatte man mit Hilfe eines Messers kaschiert. Das Hühnchen geriet in Vergessenheit. Es lag unter der Spüle, weil im Kühlschrank kein Platz gewesen war. Nach ein paar Tagen machte sich leichter Verwesungsgeruch im Haus breit. Das tote Geflügel hatte bläuliche Beinchen und war voller Maden, so daß es fast von ganz alleine zur

Mülltonne laufen konnte. Nicht mal die Katze zeigte Interesse an dem Tier. Sie hatte sich, wie die gesamte Nation, am Truthahn überfressen.

Die Leiden des Heiligabend-Allergikers

Wer sich Weihnachten aussetzt, ist selbst schuld, könnte man da natürlich sagen. Aber Weihnachten – und das Weihnachtsessen – geht auch die an, die ihm absichtlich aus dem Weg gehen. Mein Freund Horst zum Beispiel: er haßt Weihnachten und weigert sich kategorisch, den 24. Dezember im Kreise seiner Lieben zu verbringen. Nicht, weil er die auch hassen würde – im Gegenteil, Horst schätzt seine Eltern sehr, besucht sie oft in seinem Heimatort und pflegt darüber hinaus zu jeder anderen Jahreszeit sogar freundschaftlichen Kontakt zum Nachwuchs seiner Brüder. Und wenn er ein Wochenende bei Vater und Mutter verbracht hat, erzählt er durchaus angetan von stundenlangen Tafeleien im Beisein der Geschwister, Spaziergängen mit dem Onkel und Skatniederlagen gegen die Oma. Das sei ja wie Weihnachten, habe ich einmal gesagt. »Natürlich nicht«, widersprach Horst. Doch, insistierte ich, genauso könne sich Weihnachten abspielen, was er ja aber gar nicht wüßte, weil er eben nie …

An dieser Stelle torpedierte Horst meine doch eindeutig besseren bzw. unschlagbaren Argumente, indem er mir todernst erklärte, er leide unter »einer Art Weihnachtsallergie«. Geschenkpapier, Tannenbaum, Plätzchengeruch – all das löse bei ihm Schwindelgefühle aus. Im Gesicht bildeten sich rote Flecken, und vor allem käme es zu heftigen Hustenanfällen. Und nein, er wolle auch nicht am 24. Dezember mit Freunden in einer garantiert weihnachtsfreien Umgebung einen netten Abend verbringen. »Irgend jemand wird dann doch plötzlich besinnlich, starrt aus feuchten Augen in die Runde und will ein Gedicht aufsagen. Nicht mit mir.«

An diesem Tag könne es keinen netten Abend geben, und zwar »nirgendwo auf der Welt«. Einmal, behauptet Horst, sei er extra nach Ägypten geflogen, um dem Weihnachtsrummel zu entgehen. Dort aber sei er in die Fänge einer Schweizer Reisegruppe geraten, die ihn in ein Restaurant genötigt und betrunken gemacht habe. Und dann hätte er ein Weihnachtslied singen müssen.

Seit Jahren bleibt Horst daher auch den harmlosesten Feierlichkeiten fern und daheim. Erst mitten in der Nacht wagt er sich wieder hinaus; meistens geht er dann in eine Kneipe, in der brüllend laut Heavy metal gespielt wird. »Zur Sicherheit«, sagt er, »schließlich gibt es keinen sentimentalen Heavy metal.«

Bis es soweit kommt, steht er regelmäßig vor einer schwierigen Frage, mit der sich alle Heiligabend-Allergiker herumschlagen: Was sollen sie Weihnachten essen? Sollen sie es sich gutgehen lassen, im Lieblingsrestaurant reservieren? Aber was ist, wenn Gänsebrust auf der Karte steht? Und wer bestellt schon gern einen Platz mit dem Rücken zum Lokal und bitte ohne Weihnachtsdekoration?

Nein, dann doch lieber zu Hause eine Mahlzeit zubereiten. Bloß ist auch das aufwendig. Eine kleine Vorspeise, ein ordentliches Hauptgericht und etwas Süßes hinterher, sonst nichts Ungewöhnliches, stellen plötzlich ein Problem dar. Denn unwillkürlich drängt sich unserem Heiligabend-Allergiker die Vokabel »Festmahl« in den Kopf. Festmahl, denkt er, also ein leckeres Diner. Weißes Tischtuch, assoziiert er. Blumen. Weingläser. Kerzen. Servietten. Silberbesteck. Teller. Bunte Teller – Alarm! Weihnachtsalarm! »Raus! Alles raus hier!« brüllt er entsetzt und schlägt sich mit der flachen Hand ein paarmal aufs Haupt. Von einem Hustenanfall geschüttelt, beschließt er, auf keinen Fall zu kochen.

Feiern ohne zu feiern zählt aber zu den schwierigsten Übungen des Lebens. Was nun? Eine Tiefkühlmahlzeit einplanen? Lächerlich. Das wäre ja noch schöner: Junk food essen müssen, bloß weil sich alle anderen in den kommenden Tagen den Bauch vollschlagen werden. So nicht! Es wird sich schon etwas finden, etwas ganz besonders Nichtbesonderes.

Die Schultern gestrafft, den Kopf hoch erhoben, begibt sich der Heiligabend-Allergiker in eine große Lebensmittelabteilung. Kurzzeitig muß er sich an einem Regal festhalten, weil ihm der Anblick einer kunstvoll aufgeschichteten Schokoladenweihnachtsmannpyramide zu schaffen macht, doch dann schreitet er tapfer weiter voran. Grauenhaft, wie voll es hier ist, denkt er. Und was die Leute alles in ihre Einkaufswagen stopfen! Genug, um eine monatelange Belagerung auszuhalten! Aushalten, das ist das Stichwort. Aushalten, durchhalten, befiehlt er sich und reiht sich in die Schlange vor der Käsewurstsalattheke ein. Geduldig sieht er zu, wie die Verkäuferinnen Käse auswiegen und Leberwürste zerschneiden und die Höhe ihrer Plastikschalentürmchen für Salate verringern. Er entdeckt die kleinere Variante, die Fünziggrammschälchen. Fünfzig Gramm: das Maß für alleinstehende Rentnerinnen, deren Mägen nur geringfügig größer sind als diese Schälchen. Dem Allergiker wird leicht ums Herz. Nun schlägt seine Stunde.

Er ordert fünfzig Gramm Büsumer Krabbenfleisch. Er nimmt fünfzig Gramm Tintenfischringe. Und fünfzig Gramm – nein, es darf bitte nicht mehr sein – eingelegte Sardinen. O ja, und davon auch noch. Danke. Und dann hätte er bitte gern einzeln verpackt: fünfzig Gramm Serrano-Schinken, außerdem fünfzig Gramm von der luftgetrockneten Salami sowie fünfzig Gramm Entenleberpastete. Den Regenschirm im Kreuz und das Gemurre hinter ihm ignorierend, fährt er fort: Fünfzig Gramm Mortadella, fünfzig Gramm Roastbeef, fünfzig Gramm ... o, ist das etwa Bündnerfleisch? Schließlich noch Ziegenkäse, Belpaese, Provolone, Roquefort, Manchego – die Verkäuferin stapelt immer mehr Päckchen auf ihrer Theke. Der seltsamste Kunde des Jahres, findet sie, hat ein freundliches und furchtloses Wesen. Er bedankt sich artig und wünscht sogar noch frohe Feiertage – und das, obwohl sich hinter ihm eine Menge zusammenrottet, die kurz davor steht, ihn mit Christstollen à 500 Gramm zu steinigen.

Von alldem hat der Weihnachtsvermeider jedoch gar nichts mitbekommen. Außerdem ist er jetzt sehr zufrieden. Mit einem fröhlichen Lied auf den Lippen (Judas Priest: »Pain Killer«) verläßt er das Kaufhaus und geht beschwingt auf schaufensterlosen Wegen heim. Vielleicht, überlegt er, wird er heute abend sogar noch ein Fichtennadelbad vor dem Essen nehmen. Er fühlt sich gut.

Zu Hause angekommen, leert er seine Einkaufstaschen. Flink verteilt er seine Beute auf Schälchen und Espressountertassen und wirft das Einwickelpapier sofort weg: Beim Auspacken mußte er schon wieder ein bißchen husten.

Möhrchen und Whiskey

Apropos Häppchen: Die gibt es in Irland auch für Fabeltiere, und zwar nicht zu knapp: Wenn man am Weihnachtstag die Nachbarn besucht, muß man aufpassen, daß man keine Mohrrüben zertritt oder in Wassernäpfen ausrutscht. Die Kinder stellen diese kleine Zwischenmahlzeit nämlich für Rudolph, das rotnasige Rentier des Weihnachtsmannes, vor die Tür. Würde er das alles auffressen, bekäme er den Schlitten keinen Zentimeter mehr vom Fleck.

In Irland kommt der Weihnachtsmann eigentlich in der Nacht, wenn die Kinder schlafen. Der Glaube an den gutmütigen Alten hat allerdings auch bei irischen Kindern stark nachgelassen. Früher war das anders. Meine Schwiegereltern hatten über die Feiertage Jahr für Jahr ein Kind aus dem Waisenhaus abgeholt, wie es bei vielen Familien üblich war, obwohl die meisten selbst nicht viel Geld hatten. Die Geschenke, die Michael zu Weihnachten bekam, nahm er nie mit zurück ins Waisenhaus, weil sie ihm dort gestohlen worden wären. Eines Jahres, Michael war zehn, kamen ihm erste Zweifel an der Existenz des Weihnachtsmannes. »Wenn es ihn wirklich gäbe«, sagte er, »dann würde ich Zigaretten und Streichhölzer zu Weihnachten bekommen.« Die bekam er dann auch und glaubte wieder an Santa Claus, jedenfalls für eine Weile. Er errechnete mit Hilfe eines Rechenschiebers und einer

Zeitzonentabelle, mit welchem Affenzahn die Rentiere unterwegs sein müssen, um alle Kinder zu beliefern.

Auch wenn der Weihnachtsmann eigentlich nachts kommt, sind die irischen Innenstädte und Geschäfte im Dezember dennoch voller weißbärtiger Männer im roten Mantel. Es ist erstaunlich, wie sie sich in den letzten zehn Jahren vermehrt haben. Früher war das weihnachtlich dekorierte Fenster des Kaufhauses Switzer's eine Attraktion, an der sich die Kinder die Nasen platt drückten. Im Kaufhaus und auch beim Spielzeugladen Kennedy and McSharry hatte Santa seine Grotte, in der er die Kinder einzeln empfing. Heutzutage wimmelt es nur so von ihnen. Offiziell gelten die rotbemäntelten Männer aber nur als Helfer des Weihnachtsmanns, was für kleinere Kinder recht verwirrend ist. Offenbar stellt Santa nur Leute ein, die genauso aussehen wie er. Manche benehmen sich aber nicht entsprechend, was nicht immer ihre Schuld ist.

Während die Kinder sich eher um Rudolph kümmern, versorgen die Erwachsenen den Weihnachtsmann nämlich mit harten Getränken. Mein Freund Brendan hatte Weihnachten bei seinen Eltern in einem kleinen Dorf an der Westküste verbracht. Weil er lange nicht dort gewesen war, kam jemand auf die Idee, ihn zum Dorf-Weihnachtsmann zu befördern, weil ihn die Kinder nicht erkennen würden. Die ersten Häuser absolvierte er noch souverän, bei jedem Besuch steckten ihm die Kinder eine Handvoll Karotten in die Manteltasche – für Rudolf, das dusselige Rentier, das er angeblich im Wald geparkt hatte. Die dankbaren Eltern flößten ihm dagegen Whiskey ein. Zum Schluß hing Brendan reihernd über der Kirchenmauer, ausgerechnet als die Messe vorbei war. Der Pfarrer las ihm die Leviten und erklärte den Kindern, daß der Weihnachtsmann zu viele Süßigkeiten gegessen habe, das sollte ihnen eine Lehre sein.

Damit war das Horrorfest für Brendan aber noch nicht überstanden. Nach dem Essen am Heiligabend schmuggelte Brendan seine Freundin in sein Zimmer, was seine Eltern nie geduldet hätten, denn sie sind streng katholisch. Das Erwachen am nächsten Morgen war dramatisch. Brendan hatte seinen Rausch mühsam ausgeschlafen, als sein Vater ins Zimmer stürmte und an seinen Beinen zog, um ihn zum Aufstehen zu bewegen. Er hatte jedoch nicht Brendans Beine erwischt, sondern die seiner Freundin, die sich unter der Bettdecke versteckt hatte. Während der Vater zog, klammerte sich die Freundin an Brendan fest, der wiederum laut schrie, so als ob es seine Beine waren. Zum Schluß landeten alle drei auf dem Boden, der Vater hielt immer noch das Freundinnenfußgelenk umklammert und starrte fassungslos auf die Bescherung. Erst Trunkenheit in offizieller Weihnachtsmann-Amtskleidung, dann die Befleckung des Elternhauses – im folgenden Jahr mußte Brendan woanders Weihnachten feiern.

Früher hatten die Kinder Respekt vor dem Weihnachtsmann, der große irische Erzähler Frank O'Connor hatte als Kind sogar gehörig Angst, weil er die Schule geschwänzt hatte: »In der Nacht überlegte ich mir, daß es für mich nur einen Ausweg gab: den Weihnachtsmann zu sprechen und ihm alles zu erklären. Von Mann zu Mann würde er mich wohl verstehen. Ich war damals ein hübscher Junge, und wenn ich wollte, konnte ich sehr nett sein. Alte Herren brauchte ich nur freundlich anzulächeln, und schon gaben sie mir einen Fünfer. Ich war überzeugt, daß ich's ebenso mit dem Weihnachtsmann machen könnte, wenn ich ihn nur allein erwischte.«

Mein Abenteuer als Weihnachtsmann ging anders aus. Ich sollte bei deutschen Emigranten am Heiligabend verkleidet aufkreuzen, weil das so Sitte in Deutschland sei. Allerdings hatten sie ihren beiden Töchtern offenbar das ganze Jahr über mit dem Weihnachtsmann gedroht, wenn sie unartig waren, so daß die Kinder schnurstracks unter dem Sofa verschwanden, als ich klingelte. Der Vater der beiden hatte mir ein großes schwarzes Buch gegeben, in dem sämtliche Missetaten aufgelistet waren. Die sollte ich nun vorlesen, damit sie für das neue Jahr gebührend eingeschüchtert waren. Weil die Mädels dann aber vermutlich nie mehr unter dem Sofa hervorgekommen wären, nahm ich von dieser Holzhammerpädagogik Abstand und hielt ihnen statt dessen die Geschenke in Reichweite. Da schnellten zwei Arme unter dem Sofa hervor, griffen die Päckchen und verschwanden wieder. Wie lange die beiden unter dem Sofa geblieben sind, weiß ich nicht. Ich habe den mir zustehenden Whiskey getrunken und bin nach Hause gegangen.

Doppelte Bescherung

Eine Weihnachtsmann-Geschichte kann ich auch bieten. Sowieso werden Sie, wenn Sie erst in Berlin sind, noch viel über den Weihnachtsmann in den Tageszeitungen lesen. Sehr beliebt ist nämlich die Frage, ob man Kindern den Glauben an den Weihnachtsmann erhalten sollte. Beziehungsweise, wann der Zeitpunkt gekommen ist, sie zu desillusionieren. Müssen die Kinder nicht erfahren, daß es die Eltern sind, die ihnen ihre Wünsche erfüllen? Machen sie sich nicht lächerlich im Kindergarten, wenn sie weiter treu und fest an den Weihnachtsmann glauben, während Gleichaltrige schon die Scheckkarten der Eltern für den selbstbestimmten Weihnachtseinkauf benutzen dürfen?

Und soll man überhaupt damit anfangen, Kindern die Existenz einer weihnachtlichen Instanz vorzugaukeln, die noch dazu schwer autoritär und theoretisch immer noch berechtigt ist, die Prügelstrafe auszuüben? ›Lieber guter Weihnachtsmann / schau mich nicht so böse an / stecke deine Rute ein / ich will auch immer artig sein‹: Was soll bloß aus einem Kind werden, das jemanden lieb und gut nennt, der so gar nicht nett zu ihm ist; es nicht freundlich anspricht, sondern mit finsterem Blick betrachtet? Von dem es außerdem bedroht wird – mit einer Rute, also quasi einer Waffe? Wenn das Versprechen, artig zu sein, offensichtlich erpreßt wird, zieht man sich dann nicht einen Duckmäuser heran, einen Jasager und ewigen Verlierer?

In Kürze zusammengefaßt ist das die Diskussion, die bei den mir bekannten Eheleuten Karen und Ulrich stattfand, Eltern eines vierjährigen Zwillingspärchens. Sie war strikt gegen einen Auftritt des Weihnachtsmannes; er wollte unbedingt. Es sei vielleicht seine einzige Gelegenheit, den Weihnachtsmann spielen zu dürfen, argumentierte Ulrich. »Letztes Jahr waren Paul und Anton noch zu klein, und nächstes Mal sind sie vielleicht schon aufgeklärt.«

Unter der Bedingung, die Rute unter das Waffenkontrollgesetz zu stellen und eine Erklärung auszuarbeiten, falls der Schwindel aufflöge, gab Karen schließlich nach. Ulrich, von eher schmächtiger Gestalt, legte sich ein teures Kostüm mit eingenähter Bauchpolsterung sowie einen überzeugenden Rauschebart zu und übte mehrere Tage vor dem Spiegel. Waren die Kinder außer Hörweite, führte er Karen sein Weihnachtsmannstimmen-Repertoire vor, was allerdings bald verboten wurde.

Zusätzlich bereitete Ulrich seine Söhne auf den Besuch des Weihnachtsmannes vor. Er hielt Paul und Anton an, ihm Briefe an den Geschenkeüberbringer zu diktieren, machte aber auch deutlich, daß der Weihnachtsmann über ihr Benehmen innerhalb der Familie bestens Bescheid wisse und hiervon erfahrungsgemäß die Größe der Geschenke abhängig mache. Womöglich werde er sogar einige Worte in dieser Angelegenheit an die beiden richten. Er – äh, der Weihnachtsmann, natürlich, merke sich alles. Auch sei mit seinem Eintreffen nicht vor sechs Uhr abends zu rechnen, und erstaunlich oft, das zeige die Statistik, sei ausgerechnet dann ein Elternteil gerade abwesend. Nein, nur in der Küche beschäftigt oder im Gespräch mit den Nachbarn, aber eben nicht da. Das sei aber egal, denn der Weihnachtsmann käme ja ohnehin nur wegen der Kinder.

Heiligabend waren Paul und Anton schwer aufgeregt. Schon nach dem Frühstück erkundigten sie sich im Zehnminutentakt, wie spät es gerade sei. Karen hätte sich am liebsten ein Schild um den Hals gehängt: »Es ist noch nicht sechs Uhr«, aber Buchstaben konnten die Zwillinge ja auch noch nicht lesen. Am Nachmittag begannen sie, in regelmäßigen Abständen die Zimmer der Altbauwohnung zu inspizieren, in der überall noch große Kachelofen standen: Ulrich hatte den Zwillingen vom traditionellen Reiseweg des Weihnachtsmannes durch den Schornstein erzählt. Zur Sicherheit hatte er jedoch behauptet, das Kinderzimmer wäre der wahrscheinlichste Landeplatz des Weihnachtsmannes. Um ihn nicht zu verpassen, sollten sie sich hauptsächlich dort aufhalten – ein Vorschlag, den Karen vorbehaltlos unterstützte.

Es wurde dunkel, es wurde sechs Uhr. Für sein zeitweiliges Verschwinden hatte sich Ulrich eine Erklärung zurechtgelegt, die er nun anbrachte: »Ich gehe noch mal schnell runter zum Auto«, brüllte er Karen zu. »Ich habe doch tatsächlich meinen Schal im Wagen liegengelassen!« Karen schrie zurück, das sei ja wirklich schrecklich! »Wo man doch so einen Schal immer braucht! Den mußt du natürlich sofort holen!« Er solle sich aber bloß beeilen, tönte sie leicht boshaft weiter, man rechne hier doch eigentlich in jeder Minute mit … – »ABER KLAR DOCH«, kreischte Ulrich, dumm sei allerdings, daß er das Auto so weit entfernt geparkt habe. »Ein Weilchen wird das wohl dauern!« Dann solle er »unbedingt einen SCHAL mitnehmen, um den Schal zu holen«, fand Karen, »draußen ist es sehr kalt!« – »EINE GUTE IDEE«, antwortete Ulrich und stampfte wütend zur Haustür, vorbei an seiner breit grinsenden Frau.

Draußen wurde ihm in der gegenüberliegenden Wohnung auf ein vorher ausgemachtes, geheimes Klopfzeichen geöffnet. In weniger als einer Minute verwandelte sich Ulrich im Badezimmer der Nachbarn in den Weihnachtsmann. Auf Nachfragen bestätigten seine Gastgeber mehrfach, sie würden ihn nicht erkennen, wenn sie ihn auf der Straße träfen. Ulrich machte noch eine kurze Sprechprobe, dann schulterte er den Sack mit den Weihnachtsgeschenken. Er war bereit.

Nun kam der gefährlichste Moment. Da Weihnachtsmänner nach Ulrichs Auffassung nicht klingelten, mußte er sich in die Wohnung zurückschleichen. Vorsichtig öffnete er die Tür und lauschte. Als er hörte, wie Karen gerade behauptete, sie hätte weihnachtsmannähnliche Geräusche aus dem Schlafzimmer vernommen, nutzte er die Gelegenheit, versteckte sich kurz in der Küche und huschte dann ins Wohnzimmer, wo er Karen zu Tode erschreckte. Es kam jedoch zu keiner Auseinandersetzung, weil just die Zwillinge heranpolterten, um enttäuscht Rapport zu erstatten.

Ulrichs Wirkung auf die Kinder war umwerfend. Sie standen mit offenen Mündern da und starrten den Weihnachtsmann an. Der holte tief Luft und deklamierte: »Drauß' vom Walde komm ich her!« Dann trat eine Pause ein, weil er seinen Text vergessen hatte. Karen, die auf dem Sofa Platz genommen hatte, rettete die Situation. »Guten Abend, Weihnachtsmann«, sagte sie. »Guten Abend«, verbeugte sich Ulrich höflich in ihre Richtung und stellte den Sack ab, »bin ich hier richtig bei Paul und Anton?«

Die Kinder antworteten nicht. Sie waren fassungslos. »Ah ja ... Paul und Anton«, brummte Ulrich und zog einen langen Zettel aus seiner Manteltasche, »da wollen wir doch mal sehen ...« Er kratzte sich am falschen Bart; eine Vorführung, auf die er sich besonders gefreut hatte. »Paul. Fangen wir mit Paul an. Ein ganz netter Junge, dieser Paul. Hier steht, daß er gern Puzzle zusammensetzt und sich ein neues zu Weihnachten wünscht.« Paul lächelte schüchtern. »Aber«, sagte der Weihnachtsmann, »hier steht auch, daß er nie zuhört, wenn man ihm sagt, daß er ins Bett gehen soll. Stimmt das etwa nicht?« Paul sah zu Boden. »Und dann habe ich mir hier noch notiert, daß du letzte Woche ein Glas Orangensaft umgekippt hast. Obwohl dir deine Mutter gesagt hat, du sollst nicht so zappeln und endlich Ruhe geben.« Ulrich fixierte seinen Sohn. »Wenn aber deine Mutter nicht will, daß gezappelt wird, dann muß man damit sofort aufhören. Sonst fallen Orangensaftgläser um und verursachen eine riesige Schweinerei, die der Vater dann aufwischen muß. Falls es trotzdem passiert, muß man ohne Gemaule sein nasses Zeug ausziehen und sich die Hände waschen. Hast du das verstanden?« Der Weihnachtsmann räusperte sich und unterbrach seinen Vortrag. Paul standen Tränen in den Augen. »Na gut«, sagte Ulrich schnell, »ich will es dabei belassen. Aber daß mir so etwas in Zukunft nicht mehr vorkommt. Dann also zu Anton, deinem Bruder.«

Paul fing sich glücklicherweise wieder, und Ulrich sah erneut auf seine Liste. »Anton. Eigentlich auch ganz nett. Ich habe hier einen Brief von Anton« – der Weihnachtsmann kramte in der anderen Manteltasche, »wo er mir schreibt: Lieber Weihnachtsmann! Ich wünsche mir zu Weihnachten ein Ritterschwert. Das wäre in der Tat ein sehr schönes Geschenk, so ein Ritterschwert. Ich weiß aber auch, daß Anton sehr oft seinen Bruder ärgert. Das stimmt doch, Paul?« Paul nickte. »Das ist nicht richtig«, mahnte der Weihnachtsmann. »Man ärgert seinen Bruder nicht.« – »Nicht ärgern«, sagte Paul, »Ruhe«, sagte der Weihnachtsmann. »Ich möchte also, daß du deinen Bruder in Zukunft nicht mehr so oft ärgerst. Außerdem gilt auch für dich, daß man ins Bett geht, wenn der Vater es sagt, und sich die Zähne putzt. Und man malt keine Bilder auf Papier, das einem nicht gehört. Ja?«

Anton schien das zu verstehen. Mit einer großartigen Geste griff der Weihnachtsmann daraufhin in seinen Sack, holte nacheinander zwei Pakete hervor und überreichte die Geschenke. Die Kinder umklammerten die Kartons und zogen sich ein wenig zurück, ans Auspakken dachten sie aber offensichtlich noch nicht. Noch immer standen sie im Bann des Weihnachtsmanns, der nun »der Mutter von euch« ebenfalls ein »Mitbringsel« in die Hand drückte, »obwohl sie immer ihre Sachen auf dem Schreibtisch eures Vaters liegenläßt.« Den daraufhin angebotenen Kakao – der Weihnachtsmann müsse ja noch fahren – wollte er jedoch nicht annehmen. Und auch den Vorschlag, auf die Rückkehr des Vaters zu warten, der ja gerade leider nicht anwesend war, aber doch jeden Moment erwartet wurde, lehnte er ab: »Ich habe noch viel zu tun«, sagte Ulrich, schnappte sein Gepäck und rauschte hinaus, bevor die Zwillinge auf die Idee kommen konnten, seinen Abflug durch den Wohnzimmerofen beobachten zu wollen.

Noch Tage später ließ Ulrich sich feiern. Als er ohne Verkleidung zurückgekehrt war, hatten Anton und Paul ihm einander überschreiend vom Besuch des Weihnachtsmannes erzählt: Wie er durch den Kamin gekommen war und was für Geschenke er in seinem Sack gehabt hatte, sogar für Karen; wie riesengroß er gewesen war und was er alles mit seiner ganz tiefen Stimme gesagt hatte. Die Zwillinge, stellte Ulrich wiederholt und stolz fest, hatten sich jedes Wort gemerkt.

Selbst Karen mußte zugeben, daß Ulrichs Auftritt überzeugend gewirkt hatte und von hohem pädagogischem Wert gewesen sei. Es helfe wahrscheinlich, wenn »auch mal jemand anderes denen etwas sagt.« Mit etwas

Glück, überlegte sie, ließe sich der Mythos vom Weihnachtsmann auch noch bis zum nächsten Jahr aufrechterhalten. Ulrich solle sein Kostüm jedenfalls unbedingt aufbewahren und sich beim nächsten Mal mit ihr über die Liste der Missetaten verständigen. Die Freude über die Unterstützung von außen war jedoch von kurzer Dauer. Nur wenige Tage später hörten die Eltern Gezanke aus dem Kinderzimmer. »Du sollst mich nicht immer ärgern«, echauffierte sich Paul, »das hat der Weihnachtsmann gesagt!« Ulrich lächelte Karen zu.

Bis Anton antwortete. »Weihnachten«, sagte er ungerührt, »ist vorbei.«

Wie Weihnachten einmal ausfiel

Noch einen Whiskey? Ja? Dann erzähle ich dir jetzt mal – wir können uns doch jetzt duzen, oder? – von der 436. Jahreshauptversammlung der imaginären Festtagsdienstleistenden in Dublin.

Protokoll:

Santa, der Weihnachtsmann: Hiermit erkläre ich die Versammlung für eröffnet …

Denta, die Zahnfee: Wieso machst du das? Wer hat dich dazu bevollmächtigt?

Santa: Aber ich mache das doch seit 435 Jahren …

Denta: Eben, und das wird jetzt anders. Ich verlange ordnungsgemäße Wahlen und eine Tagesordnung.

Bunny, der Osterhase: Ach, laß ihn doch, er hat das bisher doch ganz gut gemacht.

Denta (aufgebracht): Weil er für euch beide die besten Arbeitsbedingungen herausgeholt hat. Ihr müßt nur einmal im Jahr arbeiten, ich muß dagegen täglich 'raus und den Kindern eine Münze unters Kopfkissen legen, wenn sie einen verdammten Milchzahn verloren haben.

Santa: Aber die viele Post, die ich erledigen muß …

Denta: Post? Du hast doch in deinem ganzen Leben noch keinen einzigen Brief beantwortet, wahrscheinlich kannst du überhaupt nicht schreiben.

Santa: Kann ich wohl. Außerdem habe ich wegen dieses legasthenischen Briefträgers einen Haufen Mehrarbeit, weil er mir auch die Post für Satan zustellt.

Denta: Du kannst sie ja persönlich in der Hölle abgeben, da gehörst du sowieso hin.

Bunny: Wir wollen doch bitte sachlich bleiben.

Denta: Sachlich? Der Fettsack hat als einziger von uns einen fahrbaren Untersatz, nämlich den Rentierschlitten, und er hat sich Arbeitskleidung bewilligt, während wir frieren müssen. Dabei ist er so dick, daß er ständig schwitzt und einen roten Kopf hat. Das ist wahrscheinlich hoher Blutdruck vom Saufen der ganzen Weihnachtswhiskeys. Deshalb halten wir die Jahreshauptversammlung auch seit 1680 in Irland ab, nur weil damals die erste Whiskeybrennerei der Welt in Bushmills lizenziert wurde.

Santa: Was soll ich machen, der Whiskey gehört nun mal zu Weihnachten, ich will die Leute ja nicht enttäuschen. Aber was meint ihr denn, wie meine Leber aussieht? Den Rest des Jahres muß ich mich von meinem Rausch erholen.

Bunny: Und ich muß das Jahr über meinen Rücken schonen. Was meinst du, wie die Schlepperei der Ostereier auf die Knochen geht. Außerdem beantrage ich Gefahrenzulage, weil die Idioten mich oft mit einem normalen Wald-und-Wiesen-Hasen verwechseln und mit Schrot nach mir schießen.

Denta (zieht Bunny an den Ohren): Gefahrenzulage? Du hast sie ja nicht mehr alle, du blödes Karnickel. Wir reden jetzt mal über meine Forderungen: Ich verlange, daß ihr abwechselnd bei mir Dienst macht und die Münzen sortiert, damit mir nicht noch mal so ein Malheur passiert wie vorige Woche, als ich einem kleinen Mädchen in Bargteheide ein paar Yen unters Kopfkissen geschoben habe. Zwar ist das jetzt mit dem Euro etwas einfacher geworden, aber die vielen neuen Staaten mit ihrem eigenen Geld machen mir zu schaffen. Also, du fängst nächste Woche bei mir an, Santa, und hör endlich auf, so blöde zu lächeln, du bist nicht im Dienst.

Santa: Das ist kein Lächeln, Ich leide an Blähungen von den vielen Pfefferkuchen.

Bunny: Was willst du eigentlich, Denta. Du hast immer genügend Geld in der Tasche. Was ist eigentlich mit meiner Weihnachtsgratifikation? Ich kann mich doch nicht nur von Ostereiern ernähren.

Denta: Friß Gras, Langohr. Oder rauch es, dann hüpfst du vielleicht nicht mehr so aufgeregt umher.

Bunny: Das ist keine schlechte Idee …

Santa (haut auf den Tisch): Solange ich den Vorsitz habe, werden hier keine illegalen Substanzen konsumiert …

Denta und Bunny: Ach nee, du alte Saufnase … (stürzen sich auf den Weihnachtsmann) …dann wirst du deines Amtes enthoben … (schubsen ihn in die Irische See, das vom britischen Atomkraftwerk Sellafield radioaktiv verseuchteste Meer der Welt).

Denta: Oh, dieses Jahr fällt Weihnachten wohl aus. Wir müssen die Stelle neu ausschreiben.

Tannenkauf ist Männersache

Ralf! Du bist ein glänzender Stimmenimitator, aber ich werde dennoch ein ernstes Thema anschneiden müssen – die Sache mit dem Weihnachtsbaum:

Alljährlich wird irgendwo im Süden Deutschlands ein schwindelerregend hoher, wohlproportionierter Tannenbaum gefällt. Nach Jahrzehnten des gemütlichen Wachsens ist er dahin – und zwar nicht, um als attraktives Möbel weiterzuleben oder einem bibbernden Menschen Wärme zu spenden, nein: Die Bestimmung dieses eben noch gut verwurzelten Prachtexemplars liegt allein darin, auf dem Berliner Breitscheidplatz inmitten des ebenso alljährlichen wie überflüssigen Weihnachtsmarktes zu verdorren. Nichts scheint sinnloser, und dennoch begleitet die Berliner Lokalpresse kontinuierlich und entzückt den ganzen Rummel um die Pflanze, liefert Daten (»fast 30 Meter hoch«) und gar Bilder von der Anlieferung des Baumes (»unser Bild zeigt den Tannentransport im Stau am Kamener Kreuz«).

Warum überhaupt Weihnachten in Sichtweite eines mit allerlei Kitsch behängten Weihnachtsbaumes – sei er nun echt oder aus Plastik – gefeiert werden soll, ist ein Rätsel. Angeblich ist die Idee noch gar nicht so alt, nämlich erst knappe 400 Jahre. Allerdings sollen es zunächst handliche Buchsbäumchen gewesen sein, die man sich ins Haus stellte und schmückte. In Straßburg, das seinerzeit das Zentrum des Weihnachtsbaums gewesen sein muß, begegnete übrigens auch Johann Wolfgang Goethe seinem ersten Weihnachtsbaum.

Etwas neuzeitlicher dürfte die Neigung mancher Menschen sein, sich auf Tannennadeln zu paaren. Doch, das gibt es: Nicht wenige meiner Bekannten behaupten – unter Berufung auf einen alkoholisierten Abend mit geständigen Eltern –, am Fuße des Weihnachtsbaumes gezeugt worden zu sein. Das ist natürlich auch schon wieder ein Rätsel. Bringen piekende Tannennadeln den erotischen Kick? Ist's der Blick auf die Krippe mit Eselchen und Jesuskind? Die lockende, nicht von der Hand zu weisende Gefahr, im Affekt einen Zimmerbrand herbeizukopulieren? Man denkt besser nicht länger darüber nach. Andererseits rückt die Berliner Feuerwehr durchschnittlich 150mal an den drei Feiertagen aus, um »Schwelbrände aus bislang ungeklärter Ursache« zu bekämpfen.

Manchmal ist sogar Brandstiftung im Spiel, wie vor drei Jahren, als der Weihnachtsbaum vor dem Roten Rathaus um ein Haar in Flammen aufgegangen wäre. Doch wer immer die »Flasche mit brennbarer Flüssigkeit«, so der offizielle Report, unter der Tanne aufgestellt hatte, war vermutlich ohne Streichhölzer aus dem Haus gegangen. Bevor es jedenfalls zur großen Feuersbrunst kommen konnte, war der Brandbeschleuniger entdeckt und der Anschlag in letzter Sekunde vereitelt worden.

Vom Verschwinden des öffentlichen Baums handelt übrigens ein Fall aus dem gleichen Jahr, der sich in der Staatsoper Unter den Linden zutrug. Hier hatte eine Blumenhändlerin das Foyer mit einer vier Meter hohen, täuschend echten Kunsttanne ausgestattet. Sogar zu einem Sonderpreis, wie später betont wurde, weil die Frau zu den regelmäßigen Besuchern des Hauses gehörte. Noch bevor die selbstlose Opernfreundin jedoch ihre mehr als dreißig handgeknoteten Schleifen am Baum anbringen konnte, hatte ein bösartiger Hausmeister das Objekt wegen Stinkens bereits in einen Lagerraum verklappt. Ein handfester Kulturskandal bahnte sich an, die Premiere der »Götterdämmerung« war in Gefahr. Soweit ich weiß, wurde der Baum schließlich in die nahe gelegene Komische Oper abgeschoben, wo sich niemand an seinem Geruch störte. Welche Spielstätte die Blumenhändlerin seither frequentiert, weiß ich nicht.

Für den Plastikbaum spricht ja einiges. Immerhin kostet ein Weihnachtsbaum für den Hausgebrauch zwischen 30 und 100 Mark – nicht wenig Geld für einen Einrichtungsgegenstand, der nach knapp 14 Tagen bereits wieder in hohem Bogen auf der Straße landet. Einige findige Forsteigner bieten daher im Dezember die Möglichkeit, sich gegen Gebühr selbst einen Baum zu schlagen. Das kommt zwar angesichts von Spritkosten und aufgewendeter Zeit nicht wirklich billiger als der traditionelle Baumkauf, bietet andererseits aber ein Erlebnis, womöglich einen kleinen Arbeitsunfall und so mit Sicherheit Gesprächsstoff während der Festtage. Mit einem selbstgewählten, selbstgehauenen bzw. -gesägten Stück Natur, das man auch noch persönlich nach stundenlanger Arbeit auf den Dachgepäckträger geschnallt bekommen und auf der Heimfahrt nicht einmal verloren hat, steht man vor der Verwandtschaft ganz anders da.

Die meisten Baumfetischisten kaufen ihre Tanne jedoch immer noch auf dem Weihnachtsbaummarkt: Hinter willkürlich abgesteckten Arealen, von einem Maschendrahtzaun und einem wurzellosen Wald umgeben, bringen ab Ende November frierende Weihnachtsbaumverkäufer ihre Ware an den Mann. Jawohl, an den Mann: Baumkauf ist Männersache. Erfunden haben das übrigens nicht die Männer, sondern Frauen – wer will schon eine stachelige Tanne durchs Treppenhaus bugsieren? Männer wissen natürlich nicht, warum ihnen trotz Emanzipation das Feld der Baumbeschaffung kampflos überlassen wurde. Sie glauben, ihr Geschick und ihre Durchsetzungskraft beim Handeln seien gefragt. Und so begeben sich die Meister des Feilschens in jedem Jahr siegesgewiß hinter den Maschendrahtzaun, um dort, wie schon zwölf Monate zuvor, gründlich betrogen zu werden.

Der russenbemützte Weihnachtsbaumverkäufer weiß nämlich, daß sein Kunde keinen Preisvergleich gemacht hat, wie ihn jede Hausfrau unternimmt. Er führt ein kleines Freudentänzchen auf und reibt sich die Hände. Es sieht aus, als wäre ihm sehr kalt. Ob er helfen könne, fragt der Verkäufer dann möglichst schnell, was sein Opfer erwartungsgemäß ablehnt – schließlich ist unser Baumspezialist nicht hierhergekommen, um sich beraten und damit behumsen zu lassen. O nein! Vielmehr wird er seinen wachen Geist einsetzen und die dargebotenen Exemplare einer gründlichen Prüfung unterziehen. Obwohl die meisten von ihnen in ein Netz verpackt sind, reicht ein kurzer Griff, ein scharfer Blick und eine Schätzung des Baumgewichts, um von diversen Tannen sofort wieder abzulassen Schrott, ganz klar – und um wenige andere wiederum ganz unauffällig in die engere Wahl zu ziehen.

Betont gelassen schreitet er nun auf den Baumhüter zu. Was zum Beispiel die Tanne dort hinten in der Ecke kosten solle, fragt er, und, zum Vergleich, die Kleine hier vorn. Der Marktführer nennt zwei unverschämte Preise, die unser gewiefter Einkäufer nun in beiden Fällen um 50 Mark herunterhandeln will. Jedoch: er beißt auf Hartholz. Obwohl nur noch wenige Tage bleiben, den Bestand in bare Münze zu verwandeln, beharrt der schurkische Händler auf seinen Kursen; er ist nicht einmal bereit, auch nur zwanzig Mark nachzulassen. Geht es ihm zu gut? Aber sicher doch, kennt er doch nur ein Verkaufsprinzip: Wer seine Preise akzeptiert, erhält einen ordentlichen Baum. Wer sparen möchte, muß hingegen mit der B-Qualität vorliebnehmen. Und diesen Ausschuß zeigt er nun unserem sichtlich erschütterten Baumbeauftragten, der sich langsam erinnert, etwas Ähnliches schon einmal erlebt zu haben. Doch was soll er tun? Woanders hingehen? Wo ist woanders? Bestimmt nicht in der Nähe, und womöglich wird er erneut gedemütigt. Also begutachtet er notgedrungen das Angebot vom Schnäppchenmarkt. Hm, ja. Das ist nicht gerade das, was er sich vorgestellt hat. Andererseits: Mit etwas handwerklichem Geschick, über das er ohne jeden Zweifel verfügt, läßt sich da etwas machen. Wer hat denn das Vogelhäuschen gebaut und die Arbeitsplatte in der Küche zurechtgestutzt? Gut, die Arbeitsplatte ist ein wenig zu kurz geraten, aber vorher war alles noch schlimmer. Und die Haltung dieses Baumes ist korrigierbar. Erleichtert, eine Lösung gefunden zu haben, bezahlt unser Mann, schultert seine einmalige Gelegenheit, wie sie fortan heißen wird, zerkratzt sich trotz einer Netzverpackung beide Handgelenke und tritt den Rückzug an. Der Händler aber schnitzt eine weitere Kerbe in den Stamm seiner teuersten Tanne.

Diese Episode erklärt, warum neben dem Baumerwerb auch die Baumdekoration Männersache ist bzw. wird. Zunächst einmal erhält die Tanne für die restlichen Tage bis Heiligabend einen Parkplatz auf dem Balkon oder in einer dunklen Ecke des Flures. Am Tag X macht sich der Hausherr dann daran, die notwendigen Begradigungen am Baum vorzunehmen. Er schleift erst seinen Werkzeugkasten, dann die leicht zu erledigende

Arbeit ins Wohnzimmer. Einmal von seiner Verpakkung befreit, bietet der Baum einen traurigen Anblick: Sein Stamm neigt sich im 30-Grad-Winkel nach rechts, die Spitze allerdings ist in die Gegenrichtung gewachsen. Auch sonst gibt die Fichte nichts auf Symmetrie. Eine Hälfte ist dicht bezweigt, die andere weist nur ein paar arg magere Ästchen auf. Mit anderen Worten: diesen Fehlschlag der Natur in ein optisch ansprechendes, dekoratives Element umzugestalten ist eine echte Herausforderung. Ihr zu begegnen, greift unser unerschrokkener Heimwerkerkönig zu den Standardwaffen. Mit Hilfe eines rostigen Fuchsschwanzes trennt er zunächst ein gutes Drittel des Stamms ab. Danach entfernt er mit einer Zange Stück für Stück mehrere untere Zweige, damit der Baum wieder wie ein Baum aussieht. Und schließlich schleudert er die Säge fluchend von sich und schnitzt mit einer Art Laubsäbel den Stumpf zu. Nach mehreren Anläufen ist die Übung gelungen: Der Baum paßt genau zwischen die Flügelschrauben des eisernen Christbaumfußes und kippt auch nicht mehr um, wenn man einen Moment wegguckt.

Der Rest ist einfach. Mit einer der kahlen Stellen zur Wand gedreht, macht das gute Stück inzwischen schon etwas her. Das andere klaffende Loch ist bald mittels eines großzügigen Christbaumkugelarrangements und zwei Pfund Lametta verdeckt. Wahrlich: Wer hätte gedacht, daß man allein durch hartes Handeln, verbunden mit langjähriger Forstwirtschaftserfahrung, zu so einem schönen und dennoch spottbilligen Weihnachtsbaum kommen könnte? Und selbstverständlich ist er nicht krumm. Wo ist der denn krumm? Nein, das ist optische Täuschung. Die Spitze ist etwas schief aufgesetzt.

ADVENT! ADVENT!
MEIN FICHTLEIN BRENNT!
©TOM

Weihnachtsbäume und Leuchthäuser

Auch in Irland ist der Kauf des Weihnachtsbaums Männersache, Carola, was nicht immer von Vorteil ist. Nicht weit von uns gibt es ein Haus mit großem Garten, den die Besitzer jedes Jahr zum Weihnachtsbaumbasar umfunktionieren. Dort stehen die Bäume dann in Reih und Glied, große und mickrige, Kiefern, Tannen, Fichten, mit Wurzeln und ohne. Zahlt man ein paar Pfund mehr, rückt der Verkäufer dem Baum mit einer Axt zuleibe, bis er in den Weihnachtsbaumständer paßt.

Das Geld ist gut angelegt, denn beim Kampf mit dem Nadelbaum behält die Pflanze oft die Oberhand. »Die große Tanne wurde wie ein toter Bär ins Haus gezogen«, erzählt die Dublinerin Clare Boylan, »dann in eine aufrechte Position hochgerungen und unter vielen Verwünschungen in den Christbaumständer hineingepfercht, der, da alles noch mehrmals umfiel, durch eine komplizierte Anordnung von Steinen beschwert werden mußte. Wenn Vater es endlich, tannennadelgespickt, geschafft hatte, war er jedesmal am Ende seiner Kräfte und sah irgendwie beleidigt aus, so als hätte ihn der Baum, dessen grüner Duft nun das ganze Haus erfüllte, mit Fleiß zum Narren gehalten.«

Robbie, unser Nachbar, den ich beim Baumkauf traf, wollte das Baumaufstellen auch selbst erledigen und zog mit der Tanne von dannen. Ob er dazu verdonnert worden sei, den Weihnachtsbaum für den großen Hörsaal des Trinity College, wo er Dozent ist, zu besorgen, wollte ich wissen. Der Baum, den er gerade auf sein Auto montieren wollte, war nämlich mindestens vier Meter lang. Nein, nein, entgegnete Robbie, die Grünpflanze sei für das eigene Wohnzimmer bestimmt. Da er unser Nachbar ist, kenne ich die Höhe seines Wohnzimmers recht genau, und für den Baum war sie keinesfalls ausreichend. Robbie ließ sich aber nicht beirren. Vielleicht wollte er ein besonderes Prachtexemplar haben, weil im Hause seiner Schwiegereltern, eines Fleischerehepaars, das vor Weihnachten alle Hände voll zu tun hatte, nie Zeit war, den Baum zu schmücken, und man am Ende die silbrigen Verschlüsse von Milchflaschen an die Äste hängte, damit der Baum nicht ganz kahl dastand. Jedenfalls mußten Robbies drei Töchter jede einen Zweig durch das offene Fenster greifen und ihn festhalten, damit der schwere Baum unterwegs nicht verlorenging.

Am nächsten Tag traf ich Robbie auf der Straße. Um die linke Hand hatte er einen dicken Verband. Der Baum sei tatsächlich etwas groß gewesen, räumte er ein. Als er ihn in der Mitte durchsägen wollte, sei er mit der Säge abgerutscht, und schon war es passiert. Die Kinder hätten sich auf der Fahrt zur Baumsicherung bei offenem Fenster eine Erkältung zugezogen und lägen im Bett. Zu allem Überfluß hatte er sich für die untere Hälfte des Baumes entschieden und den oberen Teil im Kamin verfeuert. Nun war der Baum, beziehungsweise das, was von ihm übrig war, fast quadratisch und füllte das halbe Wohnzimmer aus. Wenn man zur Tür hineinwollte, mußte man erst ein paar Äste beiseite schieben.

Manche Leute schieben den ganzen Baum beiseite. Der Schriftsteller Christy Brown erinnert sich an ein Weihnachtsfest seiner Kindheit, als der Vater betrunken war und mit der Mutter durch das Wohnzimmer tanzte: »Der

Weihnachtsbaum stürzte um, als sie unerbittlich in ihn hineinkrachten. Beim Fallen ein Knallen und Zischen von splitternden und explodierenden Glühbirnchen, die lustigen kleinen Glaskügelchen kullerten über den Boden, der große Tontopf zerbarst, seine Scherben spritzten auseinander. Die Sherryflasche fiel runter, als jemand an den Tisch stieß. Der Raum versank im plötzlichen Dunkel. Nur der unheimliche schwach-rote Strahl aus der kleinen Öllampe auf dem Hausaltar oben an der Wand glimmte in der Finsternis. Die Kinder wimmerten und fingen zu schreien an, als sie ihre Spielzeuge zertrampelt sahen in dem plötzlichen Chaos aus hektischen Sprüngen und gemurmelten Flüchen, auf welches dann ein merkwürdiges und verblüfftes Schweigen folgte. ›Jesus‹, stieß Vater leise und heiser hervor, alle viere von sich gestreckt, lag er inmitten der Ruinen des festlichen Baums und fuhr sich mit zitternder Hand über die Stirn.«

Traditionell wird der Baum aber eigentlich erst am 6. Januar abgeräumt, sonst bringt es Unglück. Der 6. Januar ist, wie ich schon erzählte, Frauenweihnacht, an diesem Tag gibt es den letzten Truthahn der Festtage. Auch die Lampen an den Bäumen in der O'Connell Street, Dublins Hauptstraße, werden an diesem Tag ausgeschaltet, bleiben aber das ganze Jahr über hängen, weil man sich Arbeit sparen will.

Viel Arbeit macht sich dagegen eine neureiche Familien in Killiney im Süden Dublins. Die irische Hauptstadt ist durch den Fluß, die Liffey, in die arme Nordhälfte und die vornehme Südhälfte geteilt. So sehen es jedenfalls die Süd-Dubliner, die den Norden meiden wie der Teufel das Weihwasser, weil sie glauben, sie würden dort zumindest ihre Handtasche, wenn nicht sogar ihr Leben verlieren. Killiney ist dagegen ein vornehmer Vorort, er liegt an der Irischen See, die wegen des unfallträchtigen britischen Atomkraftwerks Sellafield am anderen Ufer in der Dunkelheit leuchtet. Seit ein paar Jahren leuchtet zur Weihnachtszeit aber auch eine Villa, die von den Besitzern im Stil von Disneyworld aufgemotzt ist: Zaun, Dach, Fenster, Schornstein, Eingangstür – alles mit Hunderten von Lämpchen dekoriert. Selbst die Gartenzwerge und der Zierteich sind illuminiert. Das Haus ist zu einem regelrechten Ausflugsziel geworden, für die Nachbarn muß das grelle Gebäude ein Alptraum sein.

Aber auch der ist am 6. Januar vorbei. Danach hat man den Feiertagsrummel überstanden, der Baum kann entsorgt werden, ebenso die Stechpalmenzweige, die zu Weihnachten hinter die Bilderrahmen gesteckt werden, sowie die Mistelzweige, unter denen man fremde Menschen küssen darf, was zu anderen Jahreszeiten selbst bei Bekannten und Eheleuten in der Öffentlichkeit höchst selten vorkommt.

Die Überreste der langen Kerze, die am Heiligabend, am Weihnachtstag, Silvester und am Abend von Epiphanias brennen muß, weil Kummer und Leid über das Haus kommen, in dem die Kerze verlöscht, kommt wieder in den Schrank, Baum und Zweige verbrennt man im Kamin, mit dem fast jedes Haus ausgestattet ist. Da die Tanne aber bereits am 12. Dezember – dieser Tag heißt in Irland »kleine Weihnachten«, an diesem Tag wurden früher die Truthähne zum Markt getrieben – aufgestellt wird, ist Ende Januar nicht viel mehr als ein Gerippe übrig, auch wenn die Händler das dekorative Gewächs als »garantiert nicht nadelnd« anpreisen.

Wir haben deshalb einen künstlichen Baum angeschafft, der anfangs täuschend echt aussah. Er war auch sündhaft teuer. Im folgenden Jahr wollten die restlichen Familienmitglieder dann doch lieber einen richtigen Baum, weil der künstliche »nicht nach Weihnachten riecht«, sondern nach Plastik. In Anbetracht des Preises für den Kunstbaum behielten wir ihn dann aber doch. Er tut nun schon sieben Jahre seine Dienste. Inzwischen hat sich seine Form sehr schön an die Wohnzimmerecke angepaßt, so daß er platzsparend untergebracht werden kann. Sicher, die unteren Äste müssen mit einer Schnur festgebunden werden, weil der Baum sonst die Flügel hängen läßt wie eine Weihnachtsgans. Außerdem müssen ja die Geschenke, die Santa Claus nachts durch den Schornstein zustellt, unter den Baum passen. Kleinere Präsente von weitläufigen Verwandten werden an die Zweige gehängt. Man sollte nur darauf achten, daß die Preisschildchen vom Supermarkt an der Ecke vorher entfernt werden, sonst erleidet der Glaube an den Weihnachtsmann schweren Schaden.

Mit einer gebührenden Menge Lametta kann man unsere Zweighalterung übrigens ganz gut kaschieren. Und wenn man einen Zweig von einem echten Baum dazulegt, haut es auch mit dem Geruch hin. Einen Preis gewinnt man mit dem Kunstgewächs freilich nicht. Die Kinder in der Nachbarschaft wetteifern untereinander um den schönsten Baum, was mitunter dazu führt, daß der Baum unter Tonnen von Dekoration gar nicht mehr zu sehen ist. Unser Kunstbaum ist dagegen immer fertig geschmückt, uns kann Weihnachten nicht überraschen. Du findest ihn auf dem Dachboden, fertig im Ständer. Du mußt ihn nur abstauben und die Zweige naturgetreu zurechtbiegen.

ALLE JAHRE WIEDER....
©TOM

Stadt

Du wirst es ja sehen, Ralf: Laut Stadtplan wohne ich zwar fast in der Mitte der Stadt und in einer dichtbesiedelten Gegend, doch eigentlich lebt man hier im Abseits. Geschäfte sind zum Beispiel rar: Ein schwuler schwäbischer Bäcker terrorisiert zwei Straßen weiter seine Angestellten; Zigaretten und Zeitungen kann man auch weit nach Ladenschluß bekommen; auch Dosenbier; doch sonst gibt es nur die Auslagen eines libanesischen Gemüsehändlers zu bestaunen, der gleichzeitig auch noch mit Trödel handelt. Vom Weihnachtsrummel wird man hier nicht berührt, höchstens an ihn erinnert, wenn mein türkischstämmiger Zeitungshändler wie in jedem Jahr sein Kontingent uralter Weihnachtskarten auf dem Tresen stapelt, die »eine besinnliche Adventszeit« wünschen. Mein Zeitungshändler muß übrigens auch »ein bißchen Weihnachten feiern«, wie er sagt. Seine Frau und er machen ihren Töchtern Weihnachtsgeschenke, »damit die Kinder nach den Ferien in der Schule mitreden können.«

Denke also daran, größere Einkäufe, ob es sich nun um einen Fisch oder ein Buch handelt, müssen geplant werden. Und zwar – dies ist eine ernstzunehmende Warnung – möglichst genau und ohne Umwege. Ich sage das nicht zum ersten Mal: Vor zwei Jahren hat mich ein befreundeter Musikwissenschaftler in der

Vorweihnachtszeit besucht. Während seines Aufenthaltes zeigte ich Harald Sehenswürdigkeiten, tourte mit ihm ins Umland und begleitete ihn in die Oper – nur die Westberliner Innenstadt ersparte ich uns beiden. Am Tag vor seiner Abreise beschloß Harald dennoch, ins Zentrum vorzudringen, um ein paar Weihnachtseinkäufe zu erledigen: schwer erhältliche CDs für den Sohn und etwas ausgesucht Schönes für seine Frau. Ich riet ihm nicht ab, drängte aber darauf, gemeinsam mit ihm die nötigen Adressen für seine Besorgungen herauszusuchen und dann die kürzeste Route auszuarbeiten.

Harald war damit einverstanden. Er lebt in einer überschaubaren Kleinstadt, und ihm graute vor dem zu erwartenden Gedränge auf den Haupteinkaufsstraßen. Menschenmengen waren erträglich, wenn man sich in einen ausverkauften Konzertsaal hineinwand: da dauerte es nur einen Moment, bis man seinen Platz gefunden hatte, und wenn das jedem gelungen war, kehrten Ruhe und Frieden und Vorfreude ein. So war es richtig. Weihnachtseinkäufe würden nichts davon mit sich bringen, aber mit dem nötigen Maß an Zielstrebigkeit hätte er sie ganz schnell hinter sich gebracht.

Mit einem chronologisch geordneten Einkaufszettel in der Jackentasche bestieg Harald am Nachmittag einen Bus Richtung Innenstadt. Während der Fahrt las er Noten und war, wie er mir später sagte, eigentlich auf alles gefaßt: auf als Weihnachtsmänner verkleidete Studenten, auf miserable Querflötenspielerinnen und sogar auf heulende Kinder, die ihn mit Zuckerwatte beschmieren würden.

Mit Jesus hatte Harald aber nicht gerechnet. Als er aus dem U-Bahn-Schacht emporgestiegen war, wurde er fast von ihm umgerannt: einem bärtigen Mittdreißiger, der trotz beißender Kälte in eine Art Toga gehüllt war und ein riesiges Holzkreuz über der rechten Schulter trug. »Verzeihung«, sagte Jesus. »Macht nichts«, murmelte Harald und wollte weitergehen, doch Jesus hielt ihn am Ärmel zurück. »Ich sagte: Verzeihung.« Harald haßt es, angefaßt zu werden, nahm sich aber zusammen und versicherte dem Kreuzträger, es sei nichts passiert: »Sie haben mich ja nicht einmal berührt.« Das stimmte Jesus traurig. »Ja, ich weiß«, sagte er. »Es ist heutzutage sehr schwer, noch jemanden zu berühren. Keine Angst« – er hatte Haralds Fluchtreflex sofort erkannt, »ich bin kein religiöser Fanatiker, und ich will Sie auch nicht missionieren.« Harald nickte schnell und wandte sich zum Gehen, aber Jesus war noch nicht fertig mit ihm, und außerdem wurden die beiden bereits von neugierigen Passanten eingekreist. »Ich mache das jedes Jahr. Ich habe eine normale Arbeit, wie Sie wahrscheinlich auch, und für diese Tage, an denen ich das Kreuz trage, nehme ich mir Urlaub.« Jesus legte seine Balkenkonstruktion vorsichtig zu Boden und hob dann beschwörend die Hände. »Der Konsum, das Geld«, jammerte er, »ist das alles, was uns geblieben ist?« Aus den Reihen der Zuschauer kam zaghafter Applaus. Harald schwitzte. Ihm war die Szene entsetzlich peinlich. Mit einem Satz brachte er sich durch eine Lücke im Publikum in Sicherheit. »Ich möchte, daß Sie sich über Weihnachten Gedanken machen!« rief Jesus ihm hinterher.

Bei seinem Sprung in die Freiheit hatte Harald versehentlich die falsche Richtung eingeschlagen. Er war durch zwei Querstraßen gehetzt und fand sich nun nicht, wie geplant, vor dem Schallplattengeschäft, sondern vor einem Kaufhaus wieder. Harald stellte sich mit dem Rücken vor eines der Schaufenster und atmete tief durch. Es wurde dunkel, und er war jetzt genau dort, wo er nicht hingewollt hatte, mußte er sich eingestehen.

Dort, wo Weihnachtsmelodien aus einem sehr leierigen Leierkasten drangen, wo aus einer Bude heraus »Original Holzspielzeug aus dem Erzgebirge« verkauft wurde und jede freie Fläche mit Tannenzweigen und Lichterketten bedeckt war. Er mußte hier weg.

Nur wenige Meter neben Harald stand einer jener dubiosen Zirkusmitarbeiter, die in der Vorweihnachtszeit mit einem fluffigen Pony in den Einkaufszonen Posten beziehen. Angeblich sammeln sie Spenden für das Winterquartier; wahrscheinlicher ist, daß sie sich das Pony geliehen und einen persönlichen Überwinterungsplan im Auge haben. Das Pferdchen vermittelte jedenfalls nicht den Eindruck, als sei es besonders gelehrig oder gut dressiert: weder machte es Männchen, noch gab es den Huf. Es stand einfach gelassen in der Gegend herum und trug ein Plakat »Zirkustiere in Not« um den Bauch geschnallt.

Während Harald überlegte, wie er an Jesus vorbei zum Schallplattengeschäft gelangen konnte, näherte sich eine gutgekleidete Mittvierzigerin. Sie war mit diversen Umhängetaschen beladen, im Schlepptau hatte sie einen kleinen Jungen. Wie jedes Stadtkind reagierte der Junge normal auf den Anblick des Ponys: Er blieb stehen und starrte. Der Zirkusmitarbeiter, ein kleiner russenbemützter Mann in übergroßem olivgrünem Wintermantel, rasselte mit seiner Spendendose. Auf das Geräusch hin drehte die Mutter des Jungen den Kopf, sah kurz auf das Plakat und bedachte dann den Spendensammler mit einem kalten Blick, der mühelos mit den Außentemperaturen konkurrieren konnte. Es sah ganz nach einer Enttarnung des Pferdepflegers aus, fand Harald. Aber er irrte. Das sei ja kaum zu glauben, empörte sich die Frau, wie man das arme Tier im Winter einfach so auf die Straße stellen könne, »den ganzen Tag über auf dem kalten Boden«, furchtbar sei das, und nicht einmal etwas wärmendes Stroh gönne dieser Unmensch der Kreatur!

»Ihr Kinderlein, kommet«, fiel Harald ein. »Da liegt es, das Kindlein / auf Heu und auf Stroh« – daher kam das Wissen des Städters um den wärmenden Effekt kratzigen Strohs. Vielleicht sollte man der Städterin aber auch etwas über die schlechte Leitfähigkeit von hornigen Hufen erzählen und darüber, daß so ein pelziges Pony sich seinen Wintermantel paßgenau wachsen läßt, überlegte er. Der Mann dagegen – ob sich die Tierschützerin wohl genauso echauffieren würde, wenn das Pony für den Mann sammelte? Aber wie würde es die Spendendose halten? Bei diesem Gedanken mußte er kichern. »Das finden sie lustig?« Die Vertreterin der Mitgeschöpfe hatte Haralds Grinsen bemerkt. »Es ist eine Schande, ein Tier so zu mißbrauchen«, keifte sie. »Jesus«, murmelte Harald, nahm seine Äußerung aber sofort zurück. Der sollte bitte bleiben, wo er gerade war. Hilfesuchend sah Harald zum Ponytreiber hinüber. Von ihm war keine Unterstützung zu erwarten: Im Rücken von Madame und ihrem mittlerweile stumm weinenden Sohn trat der gerade den Rückzug an. Er würde sich erkundigen, ob man Ponys mannscharf machen konnte, tröstete sich Harald und machte sich gleichfalls davon. Orientierungs- und weiterhin tonträgerlos, fragte er sich zur nächsten Bushaltestelle durch, wo eine dilettantische Querflötenspielerin die Wartenden beschallte und mehrere junge Weihnachtsmänner Werbezettel verteilten. Zuckerwatte verschmierende Kinder waren nicht in der Nähe, aber auf Haralds Sitz im Bus – und später an seinem Mantel – klebte ein Rest Liebesapfel.

Während der Rückfahrt las Harald keine Noten. Er sah stumpf aus dem Fenster in andere Fenster: In jedem Wohnhaus und jedem Stockwerk strahlten Lichterketten und blinkten Sterne. Auch viele Balkone waren dekoriert; auf einem entdeckte Harald ein von innen beleuchtetes Plastikrentier. Sie waren alle verrückt geworden – oder im Bann einer außerirdischen Macht, fand er. Je länger er darüber nachdachte, desto interessanter schien ihm diese Erklärung. War die doch nahezu erdumspannende Weihnachtsbeleuchtung eigentlich aus dem All zu sehen? Was wäre, wenn sie von dort aus einen Sinn ergäbe, nämlich eine Botschaft? Wenn sich die Raumschiffe fremder Mächte an ihnen orientierten, um – ja, um was? »Um Weihnachtsgeschenke zu kaufen«, flüsterte Harald, und die junge Frau, die neben ihm saß, wechselte den Platz.

Als er sich vertrauten Gefilden näherte, verordnete Harald sich einen Spaziergang, um wieder auf andere Gedanken zu kommen. In unbelebten Seitenstraßen, und das ist, wie ich schon sagte, in meiner Gegend ganz leicht.

Er wanderte also ein wenig, und während er das tat, klärte sich sein Blick. Die Wege waren dunkel, die Fensterdekorationen nahmen ab, und nach einer Weile erinnerte nichts mehr an Weihnachten. Harald kaufte ein Brot beim schwulen schwäbischen Bäcker, der es ihm mit einem charmanten Lächeln aushändigte, bevor er fortfuhr, den Lehrling zu deckeln. Er holte sich Zigaretten und einen Satz altertümliche Postkarten beim Zeitungshändler und wünschte ebenfalls noch einen schönen Abend. Er entspannte sich.

Harald fühlte sich ruhig und ausgeglichen, als er zum Abschluß dieses anstrengenden Tages noch einen Blick in den Laden des libanesischen Gemüsetrödlers warf. Ein angenehmer Raum, fand Harald, besonders die riesige Weißkohlpyramide gefiel ihm. Und erst die Gebrauchtwarenecke: allerlei Hausrat stand dort herum, Möbel und Teppiche und Kleidung. Harald genoß diese Atmosphäre. Außerdem war er der einzige Kunde und wurde trotzdem vom Geschäftsinhaber ignoriert.

In dieser weihnachtsfreien Zone erinnerte sich Harald daran, weshalb er überhaupt das Haus verlassen hatte – weil er doch seiner Familie etwas hatte schenken wollen. Und eigentlich wollte er das auch immer noch. Schließlich hatten weder seine Frau noch sein Sohn etwas mit seinen Erlebnissen zu tun. Er stellte sich vor, wie die beiden jetzt Hunderte von Kilometern entfernt im Wohnzimmer saßen und vielleicht, nein, sogar bestimmt, ein Weihnachtsgeschenk für ihn einwickelten. Er bekam Heimweh. Ein Geschenk ist vor allem ein Zeichen der Zuneigung, dachte Harald. Es beweist, daß man an jemanden gedacht hat. Es verbindet Geber und Empfänger. Nein, er wollte nicht nach Hause zurückkehren und auf das örtliche Angebot zurückgreifen müssen. Seine Familie sollte wissen, wie sehr er sie liebte.

Harald verließ Berlin mit einem Armvoll arabischer Popmusikkassetten und einer kostspieligen Wasserpfeife. Es hat sehr lange gedauert, bis ihn seine Frau wieder unbeaufsichtigt einkaufen gehen ließ.

Virtuelles Fest mit Zaunkönigsmord

In meiner Nachbarschaft geht es weniger ruhig zu. Weihnachten beginnt im November, und zwar zu Hallowe'en – »All Hallows' Evening«, der Abend vor Allerheiligen. Die Dunkelheit gehört den Monstern: Horden von Kindern, die sich abstoßend kostümieren und von der Nachbarschaft Süßigkeiten erpressen. Wer nichts gibt, dem spielt man einen unerfreulichen Streich. Außerdem sind die Kinder mit Feuerwerkskörpern bewaffnet. Deren Verkauf ist zwar streng verboten, aber die fliegenden Händlerinnen in der Henry Street, die vor Weihnachten Geschenkpapier verkaufen, haben zu Hallowe'en ein ganzes Sortiment von Böllern, Raketen und anderem Kriegsgerät unter ihren weiten Röcken versteckt.

Hallowe'en geht auf die Kelten zurück, denn bei ihnen endet der Sommer an diesem Abend, der Winter aber beginnt erst am nächsten Morgen. Dazwischen liegt Niemandsland, die normale Ordnung ist außer Kraft gesetzt. Siobhan, eine Freundin, hatte als Kind immer furchtbare Angst vor den grauenhaften Masken und dem Feuerwerk, und so schickte man sie zur Oma aufs Land. Die begann an dem Tag, wie es Tradition ist, mit dem Weihnachtsbacken: Plumpudding und Kekse und Rosinenkuchen.

»Natürlich ist es jedes Jahr dasselbe«, meint die Schriftstellerin Val Mulkerns. »Jedes Jahr im November lächle ich voll milder Verachtung über meine Nachbarinnen, die sich (anstelle der üblichen Bemerkungen über das Wetter) verpflichtet fühlen, mich beim Arm zu packen und forschend zu fragen: Haben Sie auch schon mit Ihrer Weihnachtsbäckerei begonnen? Im Grunde wollen sie sich ja nur rühmen, daß sie ihre Vorbereitungen längst hinter sich haben: den ewig gleichen Plumpudding, das ewig gleiche Weihnachtsgebäck, die ewig gleiche Genugtuung darüber, daß sie alles schön ordentlich in Blechbüchsen verstaut und ihre Geschenke und Geschenklein in buntes Papier verpackt und versteckt haben. In mir aber regt sich jedes Jahr der gleiche bockbeinige Widerstand gegen Weihnachtsvorbereitungen, der regelmäßig in der ersten Dezemberwoche verschwindet. Dann werde ich genauso wie die andern, nur noch mit einem Schuß Panik obendrein, weil mir kaum noch genug Zeit bleibt.«

Meine Schwiegermutter ist dagegen so gut organisiert wie Mulkerns' Nachbarinnen. An Hallowe'en backt sie mindestens 20 Früchtekuchen, das ganze Haus riecht dann nach Zimt. Die Kuchen sind für die Verwandtschaft in Timahoe bestimmt, einem kleinen Dorf in der Grafschaft Laois, wo sie herstammt. Seit sie vor mehr als 50 Jahren von Timahoe nach Dublin zog, backt sie Weihnachtskuchen für das Dorf, im Gegenzug erhält sie Eier und einen Truthahn.

Sie hat auch einen Kuchen für dich, Carola. Er hält sich ewig, weil man Alkohol hinzutut, ähnlich wie bei einem Hochzeitskuchen: Der besteht aus drei Stockwerken. Das unterste wird zur Hochzeit verspeist, das mittlere zur Geburt des ersten Kindes und das obere zur Goldenen Hochzeit.

Alles, was du sonst noch zu Weihnachten brauchst, findest du im Computer. Gib als Suchbegriff »Irish Christmas« ein, und du erhältst eine Liste von 15.254 Internet-Seiten. Du kannst Lachs und Weihnachtsgirlanden bestellen, irische Präsentkörbe an Freunde schicken lassen,

Weihnachtsrezepte für kleeblattförmige Kekse kopieren, eine E-Mail an den Weihnachtsmann senden und irische Weihnachtskarten schreiben. Ein kleiner Sprachkurs bringt dir die wichtigsten weihnachtlichen Begriffe auf irisch bei: Nollaig Shona Duit, fröhliche Weihnachten. Wenn du möchtest, spielt der Computer dir sogar irische Weihnachtslieder vor.

Am nützlichsten aber sind die Regeln, die von den »Irish Wolfhounds«, vermutlich irgendeine US-Organisation irischer Emigranten, aufgestellt worden sind, damit man korrekt Weihnachten feiert. Das geht, wie gesagt, schon im November los: »Bereite dich geistig auf Weihnachten vor und füge deiner normalen Andacht ein paar Gebete hinzu.« Kinder sollen täglich mehrere Vaterunser und Ave Marias herunterbeten, und wenn sie 5000 Stück geschafft haben, werden sie auf der Website namentlich aufgelistet. Und dann geht es ans Großreinemachen: »Männer säubern die Gebäude und den Hof, Frauen fegen und putzen das Haus und machen große Wäsche.« Reiche Bauern sollen Teile eines toten Tieres an Freunde und an die Armen verschenken.

Und dann: »Stelle Poteen her!« Keine schlechte Idee, nur höchst illegal. Poitin ist nämlich schwarzgebrannter Whiskey, eine früher weitverbreitete Industrie in Irland. 1760 erließ die Regierung ein Gesetz, das die private Herstellung von Hochprozentigem untersagte, und über Nacht wurde ein Großteil der irischen Bevölkerung zu Kriminellen. Die katholische Kirche erklärte die illegale Brennerei im 19. Jahrhundert zur einer schweren Sünde. Merkwürdig – erst fordern sie einen auf der Website zum Marathonbeten auf, und danach soll man sich versündigen.

Am Heiligabend wird es dann ernst, wenn man sich an die Anweisungen der »Irish Wolfhounds« hält. »Gehe nach Hause. Mache in der Grafschaft Wexford einen Cutlin Pudding, der größer als ein Fußball ist.« Warum man dazu nach Wexford fahren soll, bleibt rätselhaft. Und dann eine Warnung: »Wenn die große Kerze ausgeht, ist das ein schlechtes Omen. Wahrscheinlich stirbt der Hausherr.« Das ist gut möglich, falls er sich an die Anweisung hält, die Haustür am Heiligabend offenzulassen. Das geht heutzutage nicht mal in den verschlafensten Ecken der Insel, die meisten Häuser sind mit Alarmanlagen ausgerüstet.

Allerdings können die »Irish Wolfhounds« einen beruhigen, sollte ein Überfall schwere Folgen haben: »Falls du am Heiligabend stirbst, kommst du geradewegs in den Himmel.« Na bitte. Wahrscheinlicher ist es aber, daß man ins Gefängnis kommt, sollte man den Ratschlag befolgen, mittags »mit einem Gewehr Salutschüsse« zur Weihnachtsbegrüßung abzufeuern. Offenbar halten die US-Amerikaner jeden irischen Bauern für einen Zirkusdompteur, denn um Mitternacht am Heiligabend soll er in den Stall gehen und Kühe und Esel »zum Hinknien in Andacht« bewegen. Kräht der Hahn zu dieser Zeit, sei das ein gutes Zeichen.

Am ersten Feiertag gehe man in der Früh auf einen Berg und blase auf einem Kuhhorn ein Weihnachts-Salut – das Gewehr ist einem am Vortag wohl von der Polizei abgenommen worden. Während die Frauen das Essen kochen, jagen die Männer Hasen. Am zweiten Weihnachtsfeiertag, der in Irland »St. Stephen's Day« heißt, streift der Ire durch das Land und tötet Zaunkönige, wenn man diesen Internet-Torfköpfen glauben kann, was freilich nicht der Fall ist. Es war ein Zaunkönig, der das Versteck von St. Stephen verraten hat, der Heilige wurde hingerichtet. Aus Rache müssen nun die Zaunkönige dran glauben, finden die US-amerikanischen Weihnachtsexperten. Sie – die Zaunkönige, leider nicht die Experten – werden auf einen transportablen Holunderbusch gelegt und herumgetragen. »Je mehr, desto besser«, meinen die blutrünstigen »Irish Wolfhounds«. Abends werden die Zaunkönige einzeln zusammen mit einem Penny vergraben, damit es kein Unglück bringt. Man könne freilich auch einen lebendigen Zaunkönig an einen Zweig binden und ihn herumtragen.

Wenn ich es mir recht überlege, Carola, schaltest du den Computer am besten gar nicht ein.

Ein klarer Fall

Wenn es weihnachtet, dann natürlich auch im sogenannten Blätterwald. Wochenlang lassen sich die Zeitungs- und Zeitschriftenredaktionen »Ideen für Geschenke in letzter Minute« einfallen, denken sich »Rezepte für raffinierte Weihnachtsmenüs« aus und fragen Verbraucherschutzexperten nach dem »Recht auf Umtausch«. Illustrierte, die hauptsächlich unbekleidete Damen zeigen und gewöhnlich das »Recht auf Partnertausch« diskutieren bzw. »Ideen für Verhütung in letzter Sekunde« präsentieren, haben es da schon etwas schwerer. Ihnen bleibt nur zu tun, was in den Medien immer gern getan wird, wenn niemandem etwas eingefallen ist: Sie geben bei einem Meinungsforschungsinstitut eine Umfrage in Auftrag.

Die fördert dann wenig Überraschendes zutage: »27 Prozent der Frauen und 21 Prozent der Männer sind am Heiligen Abend in Gedanken bei den Menschen, denen es nicht gutgeht«, stellte etwa das Gewis-Institut 1998 im Auftrag der Zeitschrift »Neue Revue« fest. Andere Männer (24 Prozent) denken bereits während der Bescherung an Silvester, was Frauen (4 Prozent) so gut wie nie tun. Über 90 Prozent der Befragten erklärten, den Heiligen Abend am liebsten zu Hause zu verbringen, nur sieben Prozent der Männer und sechs Prozent der Frauen feiern anderswo. Nach der Bescherung noch auszugehen planen 16 Prozent der Männer und zehn Prozent der Frauen. Wirklich verblüffend sind die Angaben über die Beschäftigung nach dem Geschenkeauspacken: nur 15 Prozent der Männer bzw. drei Prozent der Frauen wollten dann fernsehen.

Stimmt das? Werfen wir einen Blick in die Fernsehzeitung, Watson, und überprüfen wir die Umfrageergebnisse. Daß viele Familien für den Heiligen Abend eine großangelegte Bescherung vorbereiten, scheint zu stimmen und spiegelt sich im Programm der öffentlichrechtlichen Fernsehsender wider: ARD, ZDF und die Regionalprogramme beginnen den Tag ab halb sieben Uhr morgens mit einem ausgedehnten Angebot für den zum Warten verdammten Nachwuchs. Im Durchschnitt können die Lütten vier lange Kinderfilme und bis zu acht Serien gucken – sie sind an diesem Tag über Rundfunkgebühr beschäftigt, bis dann um 19 Uhr das erste Programm mit seinem ARD-Weihnachtskonzert den passenden Hintergrund zum allgemeinen Geschenkpapiergeraschel liefert.

Vorher ist aber noch um 16 Uhr 30 im ersten Programm »Christvesper«. Die »Christmette« läuft um 22 Uhr 05 im Zweiten – das paßt haargenau zu der Beobachtung des Gewis-Instituts, wonach für ein Viertel der Frauen die Christmette zum Beginn des Weihnachtsfestes gehört, 14 Prozent der Männer allerdings nicht am Heiligen Abend in die Kirche gehen wollen.

Bei den privaten Sendern geht es weniger traditionell zu. Zwar versorgen auch sie ihr jüngeres Publikum mit Zeichentrickfilmen und Produktionen wie »Weihnachten mit Willy Wuff II«, doch mit Rücksicht auf die Hausfrau bleibt zum Beispiel Sat.1 bei seinen mittäglichen Talk-Shows, die nach ihren Moderatoren benannt sind. Von elf bis 15 Uhr heißt es hier erst »Jörg Pilawa: Weihnachten bei Jörg«; dann, bei »Vera am Mittag«, lautet das Thema ganz unfestlich »Ich stehe vor den Trümmern meines Lebens«. Gleich darauf aber feiert »Sonja« – genau: »Weihnachten mit Sonja«, und Johannes B. Kerner schließt den Reigen mit einer brisanten Bestandsaufnahme vom »Alptraum Weihnachten«. Klarer Fall: Hier finden wir die Menschen, denen es nicht gutgeht und an die später gedacht werden wird.

Den Wechsel von einer heiter-besinnlichen Stimmung ins Bedrohliche vollzieht auch RTL. Schon um 17 Uhr fegt der Sender alles Weihnachtliche aus dem Programm und zeigt bis zu den Nachrichten den fast 30 Jahre alten Katastrophenfilm »Airport 75 – Giganten am Himmel«. Warum, Watson? Ganz einfach, weil der keinen Einfluß auf die weihnachtliche Stimmung der Zuschauer haben und sie in Sorge um flugreisende Angehörige stürzen kann: »Nur zwei Prozent der Männer beziehungsweise ein Prozent der Frauen verbringen das Weihnachtsfest am Strand«, notierte das Gewis-Institut.

Und noch etwas sollte uns zu denken geben: »Jede zweite Frau denkt zur Bescherung an ihre Kindheit, bei den Männern sind es 32 Prozent.« In der Hoffnung, diese Zielgruppe vor den Fernseher zu bewegen, hat die ARD ihren Kinderklassiker »Der Kleine Lord« erstmals vom Nachmittag in das Abendprogramm verlegt und, um die Zuschauer nicht zu beschämen, »Jugendfilm« genannt. Und während das ZDF seine Prime Time mit einer Volksmusiksendung ausfüllt, gefolgt von einer »TV-Romanze« mit Heinz Rühmann, rechnet man bei RTL anscheinend mit der niedrigsten Quote des Jahres und gibt sich auch am Abend überhaupt keine Mühe. Um 20 Uhr 15 läuft die fünfzigste Wiederholung der schwülstigen Romanze »Dirty Dancing«, gefolgt von zwei ebenfalls sattsam bekannten Komödien. Der Rest der Nacht gehört den Wiederaufführungen von »Dirty Dancing« und »Airport 75«.

Auch Sat.1 würde die Bescherungszeit vermutlich lieber mit einem Testbild überbrücken. Das legt jedenfalls die Ausstrahlung einer drei Jahre alten »TV-Komödie« nahe, die satte zweieinhalb Stunden in Anspruch nimmt – und das, obwohl es sich bereits um den zweiten Teil handelt.

Ab 22 Uhr räumen die Privatsender jedoch mit Rührseligkeit und Vergnüglichem radikal auf: Die Bescherung ist vorbei. Sat.1 bietet dann den Actionfilm »Black Rain«, Kabel 1 zeigt »American Kickboxer«, RTL 2 bringt – nach einem vollkommen fehlplazierten »Sailor Moon«-Special, das bestimmt kein kleines Mädchen gucken durfte – den Fantasyfilm »Troll II«, und Pro 7 kennt überhaupt kein Erbarmen: »Der Tod löscht alle Spuren«, heißt es gleich, nachdem der Western »Erbarmungslos« zu Ende gegangen ist.

Watson: Alle Indizien weisen darauf hin, daß die Bundesbürger dem Weihnachtsfest eine hohe Bedeutung zumessen. Sie bleiben daheim, denken an ihre Mitmenschen und erinnern sich, wie sie als Kinder unter dem Tannenbaum spielten. Ab 22 Uhr sehen sie aber zu, wie wildgewordene Japaner mit Schwertern morden und Kickboxer gegen Köpfe treten. Paßt das noch in unsere Beweiskette? Aber sicher doch! Das fehlende Puzzleteilchen finden wir im Gewis-Institut: »Nur elf Prozent der Männer und sechs Prozent der Frauen nehmen sich vor, sich am Fest der Liebe und Freude friedlich zu verhalten.«

Einwurf

Wo du gerade den Cluricaun erwähnst, Carola … Was, du hast ihn gar nicht erwähnt? Nun, er ist eine Feengestalt, ein Einzelgänger, der gerne an Orten lebt, wo größere Mengen Alkohol gelagert werden. Sei bei deinen Weihnachtseinkäufen also etwas vorsichtig. Wegen seiner Trunksucht und Boshaftigkeit kann der Cluricaun den Menschen manchmal böse Streiche spielen. Aber genug von diesem Thema, ich will dir ja keine angst machen. Erzähl mir lieber noch etwas aus der Welt der Medien …

Früher war alles besser

Aber gern – es fehlt nämlich noch das Thema Kindheitserinnerungen. Irgendeiner fängt immer wieder damit an, in jedem Jahr. Immer dann, wenn man glaubt, endlich sei es vorbei, veröffentlicht eine Zeitung die selbsterlebte Weihnachtsgeschichte eines Lesers bzw. einer Leserin. Und immer wieder ist das eine Geschichte aus der Nachkriegszeit, vorzugsweise aus dem Winter 1945/46. Oft beginnt sie in der Küche eines bombengeschädigten Mietshauses, in der sich eine Familie und ihre Nachbarn am Heiligen Abend eingefunden haben, um das Letzte, das sie noch besitzen, brüderlich zu teilen. Daß Levis oder Rosensteins in dieser Runde fehlen, weil sie vor drei Jahren nach Theresienstadt gebracht wurden, gehört nicht zu dieser Erzählung, die sich ungefähr so anhört:

»Am 24. Dezember 1945 drängten wir uns auf den Bänken in unserer Küche. Draußen war es bitterkalt, Väterchen Frost hatte die Stadt fest im Griff. An diesem besonderen Tag heizten wir jedoch den Ofen an. Wir selbst hatten drei Eierkohlen gespart und opferten sie leichten Herzens für diesen Anlaß. Und auch die gute Nachbarsfamilie hatte ein Stück Kohle und sogar ein Stuhlbein beigesteuert, so daß wir bald, zum ersten Mal seit Monaten, wieder im Warmen saßen. Auf dem Herd köchelte eine Brennesselsuppe, die meine Frau mit Holzwolle

und einem brüchigen Ledergürtel angereichert hatte. (Die Schnalle hatten wir natürlich vorher entfernt und auf dem Schwarzmarkt gegen einen Kamm getauscht.) Erwartungsvoll drehten wir an unseren Tellern – fast alle, ich aß noch immer aus meinem Wehrmachtshelm, weil uns Geschirr fehlte –, da klopfte es plötzlich an der Tür. Wer mochte das sein? ›Der Weihnachtsmann‹, entfuhr es meinem Jüngsten, ›ich will ihm schnell öffnen!‹

Ich tauschte einen kurzen Blick mit meiner Frau. Hatte sie noch jemanden eingeladen, von dem ich nichts wußte? Sie schüttelte stumm den Kopf. Wir hörten schwere Schritte auf dem Korridor, dann zerrte der Jüngste aufgeregt einen Mann mit langem Bart herein. ›Es ist wirklich der Weihnachtsmann!‹ Zunächst erkannte ich unseren Besucher nicht, doch dann durchfuhr es mich wie ein Blitzschlag: Hans! Mein Kriegskamerad Hans! Ich hatte ihn verschollen geglaubt, gar tot, doch hier stand er leibhaftig vor mir. Das gab ein großes Hallo! Flink rückte die Nachbarsfamilie zusammen, damit mein Freund Platz finden konnte. Meine Frau reichte ihm ihren Teller herüber und legte den flachen Topfdekkel vor sich hin. Er wehrte zwar ab, doch sie bestand darauf. ›Dafür werde ich mir zweimal nehmen‹, lachte sie. Hans lächelte ihr dankbar zu. Man sah ihm an, wie lange er schon nicht mehr so willkommen geheißen –«

Ralf, ist alles in Ordnung? Geht es dir gut? Mehr Bier? Nein? Schnaps? Kriegst du, ganz ruhig. Nein, bleib sitzen. Ich habe die Kellnerin von hier aus gut im Blick, und außerdem ist die Geschichte ja noch nicht zu Ende. Also: Bei unserem Lesergeschichtenschreiber ist nun Hans, der alte Kriegskamerad, aufgetaucht und in den Weihnachtsabend integriert, und nun geht es weiter:

»Die Kinder hatten Hans sofort ins Herz geschlossen. Sie bestürmten ihn mit neugierigen Fragen. Wo kam er

her, wo hatte er gekämpft? Auch ich wollte wohl von Hans' Erlebnissen hören, doch mir war klar, daß dies nicht der richtige Zeitpunkt war. Zu deutlich war, daß Hans schmerzhafte Erinnerungen in sich trug. Meine Frau hatte das natürlich längst erkannt und wies die Kinder zurecht. ›Jetzt laßt doch Hans sich erst einmal ausruhen‹, rief sie, ›nach dem Essen ist noch Zeit für Geschichten.‹ Hans nickte, dann schlug er sich vor die Stirn. ›Essen‹, sagte er, ›natürlich!‹ Er sprang auf und eilte hinaus. Zurück kehrte er mit einem Sack. ›Hier‹, murmelte er und griff tief hinein, ›ich habe ja etwas mitgebracht.‹ Wie groß war unser Erstaunen, als sein kräftiger Arm einen halben Schinken zutage förderte! Alle waren sprachlos. So etwas hatten wir seit Jahren nicht mehr gesehen. ›Ein Schinken!‹ flüsterte meine Frau andächtig. Sie konnte es kaum glauben. Und auch die Nachbarn waren fassungslos, Frau Heitmann brach sogar in Tränen aus. Hans reichte ihr sein Taschentuch und munterte sie auf: ›Aber, aber‹, sagte er, ›ein Schinken ist doch kein Grund zum Weinen. Und wenn alle einverstanden sind‹, fuhr er fort, ›wollen wir jetzt von der köstlich duftenden Brennesselsuppe essen und uns danach über den Schinken hermachen.‹ Sein Vorschlag stieß auf einhellige Zustimmung. Wir löffelten die Suppe, die uns auch angesichts des Schinkens ganz hervorragend mundete, und dann hatte ich die Ehre, vom Gastgeschenk dicke Scheiben zu schneiden. Meine Frau ermahnte mich, nicht so verschwenderisch mit der guten Ware umzugehen, doch Hans war anderer Meinung. ›Dies ist der Geburtstag des Christkindes‹, erinnerte er sie. ›Wir wollen ihn würdig begehen.‹

Nun war meine Frau an der Reihe, ein paar Tränen zu vergießen, und auch ich hatte einen Kloß im Hals. Es war der Jüngste, der als erster die Worte wiederfand. ›Komm', Herr Jesus, sei unser Gast ...‹, hub er an. Wir senkten die Köpfe und beteten aus tiefstem Herzen. Zu später Stunde, als die Kinder schlafen gegangen waren – sie hatten sich mächtig über den Kamm gefreut –, saßen wir Erwachsenen noch bei weiteren Wohltaten zusammen. In Hans' Gepäck hatten sich nämlich auch ein Gouda-Käse befunden sowie eine Flasche Genever, an der wir uns nun labten.

Woher Hans all diese Köstlichkeiten hatte, habe ich bis heute nicht herausgefunden. Ganz legal wird die Angelegenheit nicht gewesen sein – aber manche Fragen soll man einfach nicht stellen.«

Ja, Ralf, so ging es damals zu. Sie hatten nichts, aber sie waren immer noch in der Lage, anständige Weihnachten zu feiern. Sie waren ja auch anständige Menschen. Und dann ... Gut, ich hör auf. Nicht schlagen! Nur noch den letzten Satz aus so einem Elaborat, wirklich nur noch den letzten! Hier:

»Es war der schönste Weihnachtsabend meines Lebens.«

Zeitungen

Carola, hör auf. Ich bestelle die nächste Runde und meinetwegen auch die übernächste – aber bitte keine Kriegsweihnachtsgeschichte mehr. Ich habe auch so verstanden: Um Weihnachten sind Zeitungen und Zeitschriften zu meiden, ich werde nur Donald Duck lesen.

Das gleiche gilt übrigens für Irland. Es ist dort jedes Jahr dasselbe. Eine Woche vor Silvester setzt in den Zeitungen die Flut von Bilanzen ein: Jedes läppische Ereignis des zu Ende gehende Jahres wird wiederaufbereitet und mit einem altbekannten Foto versehen, als wären die Leser von einer kollektiven Amnesie befallen. Kaum hat man Neujahr den gebündelten Unfug zum Altpapier gegeben, da geht es mit den Prognosen für die nächsten zwölf Monate los. Den Redakteuren seien die ungestörte Weihnachtsvöllerei und der hemmungslose Silvesterrausch ja gegönnt, aber dann sollen sie den Laden lieber für zwei Wochen dichtmachen, statt verschnarchte Rückblicke und flachsinnige Weissagungen vorzuproduzieren.

Die Blätter treiben es immer ungenierter. Der Wirtschaftsteil des »Independent on Sunday« wählte den »Industriellen des Jahres«: Sir David Simon von BP, weil sich der BP-Aktienpreis 1995 mehr als verdoppelt hat. Prima, Sir David, aber ein zweistöckiges Katzenklo haben Sie nicht erfunden. Für den »Examiner« war das die »Erfindung des Jahres«. Und die »Sunday Tribune« schließlich hat vor ein paar Jahren eine Hitliste der »Verstorbenen des Jahres« aufgestellt. Musiker Rory Gallagher und Ex-Außenminister Brian Lenihan waren die Topleichen.

Außerdem hatte das Dumpfblatt im selben Jahr die »sozialen Absteiger des Jahres« ermittelt: Barbie, die eine kleine Schwester bekommen hat, Cannabis, die langweiligste Droge der Welt, und die nigerianische Regierung, weil sie »Ken Saro-Wiwa und acht andere ermordet« hat. Der »Guardian« hatte Saro-Wiwa den Buchstaben »K« im Abc des Jahres 1995 gewidmet. »F« stand für Fischer, Joschka: »Der deutsche Grünenführer erlebte einen kontinuierlichen Anstieg des Stimmenanteils seiner Partei.« Glückwunsch. Wer wäre nicht gerne das F des Jahres?

Und was passiert im neuen Jahr? Ein paar Kolumnisten haben sich ihre Gedanken gemacht. Montagu Don prophezeit, daß die Gärtnerei als paneuropäisches Hobby schwer im Kommen ist; Paul Wilson glaubt, daß noch mehr Fußball im englischen Fernsehen laufen wird; Charlotte O'Sullivan glaubt, daß alle Kinohits dieses Jahres in Schwarzweiß oder in schmutzigem Braun-Grau gedreht sein werden; Euan Ferguson schließlich ist davon überzeugt, daß Prinz Charles endlich einen Hut tragen wird. Damit hätte er zwei seiner Probleme auf einen Schlag gelöst: seine Ohren und seine fortschreitende Glatzköpfigkeit.

Und die »Irish Times« rät ihren Leserinnen, umgehend mit dem Sparen für das nächste Weihnachtsfest anzufangen, damit man zu Neujahr nicht schon wieder den Vorsatz fassen muß, den Gürtel für eine Weile enger zu schnallen. Dein guter Vorsatz, liebe Carola, sollte lauten: Zwischen dem 25. Dezember und 10. Januar kommt keine Zeitung ins Haus.

Das Zwanzig-Sekunden-Vergnügen

Man kann wirklich auf viele Arten in den Wahnsinn getrieben werden – ich denke da auch an die Verrückten, die einen ohne Not während der Weihnachtszeit belästigen! Mitte Dezember des vergangenen Jahres zum Beispiel, in meiner Firma: Morgens auf dem Gang wurde ich von zwei Kollegen angesprochen. Ob ich schon ihren Weihnachtsbaum gesehen hätte? Hatte ich nicht, obwohl wir doch in einem modernen, vollverglasten Büro arbeiten, das uns alle zu Aquariumsbewohnern macht.

Neugierig folgte ich den beiden in ihr Becken. In einer Ecke lungerte der Kollege Klein, der einen ungewöhnlich angespannten Eindruck machte; auf einem der Schreibtische stand ein bodenvasenhoher grüner Plastiktannenbaum im Plastiktopf, der auf seiner Spitze eine rote Weihnachtsmannmütze trug. »Hübsch«, sagte ich höflich und wollte schon wieder gehen, als der Baum sich auf einmal sanft hin- und herwiegte und dazu ein fröhliches, sesamstraßenähnliches »du-dum-dum-dum« anstimmte. Mir blieb keine Zeit zum Staunen, denn nun klappte mitten im Plastikzweiggestrüpp ein Paar große Augen auf; gleichzeitig öffnete das Gewächs einen bisher ebenso verborgenen Mund. Eigentlich riß es sogar eher die Klappe auf, vor allem aber begann es zu singen: »Jingle Bells«. Übrigens nicht die überstrapazierte James-S.-Pierpont-Nummer, sondern eine modernere Fassung. Das Ganze dauerte etwa zwanzig Sekunden, dann sackte der Baum in sich zusammen und sah so unscheinbar aus wie zuvor. Ein Kollege wollte den Schalter an der Rückseite des Geräts umlegen, aber ich war noch nicht zufrieden. »Noch mal!« brüllte ich begeistert. Man kam meinem Wunsch nach. »Du-dum-dum-dum« ... wieder wackelte der Baum im Rhythmus, um dann mit einer geradezu dramatischen Geste die Augen aufzureißen und sein Lied zu singen.

Die Reaktionen auf eine solche Darbietung sind von Mensch zu Mensch verschieden. Während ich ergriffen in die Knie ging, kicherte der inzwischen tränenüberströmte Kollege Klein hilflos in sich hinein. Die anderen dagegen freuten sich schlicht. Inständiges Betteln bescherte mir einen weiteren Auftritt des singenden Weihnachtsbaums. Noch bevor er sein Lied beendet hatte, beschloß ich, ihn zu lieben. Kollege Klein dagegen verschluckte sich an einem Pausenbrot und mußte von seinem Abteilungsleiter mit dem Heimlich-Griff vor dem sicheren Tod bewahrt werden. Danach gingen alle zurück an ihre Arbeit.

Ich saß also auch zunächst wieder an meinem Schreibtisch, aber ich spürte eine seltsame Unruhe in mir. Ich konnte mich nicht konzentrieren – der Weihnachtsbaum beherrschte meine Gedanken. Als eine lange halbe Stunde verstrichen war, stand ich auf und streifte ein wenig durchs Haus. Auf dem Rückweg passierte ich zufällig das Baumbüro. Leise öffnete ich die Tür – alle waren beschäftigt. Zielstrebig, aber ohne aufzufallen, bewegte ich mich auf meinen neuen Freund zu und schaltete ihn ein. »Jingle bells« erfüllte den Raum. Zwar erntete ich ein paar strafende Blicke, aber ja nur zwanzig Sekunden lang. Um größeren Ärger zu vermeiden, fiel mir ein, daß ich noch etwas zu tun hatte, und trat den Rückzug an.

Dann war endlich Mittagspause. Die Baumhüter verschwanden in die Kantine – endlich waren er und ich allein. Es war wunderbar: Er wackelte und sang für mich, und ich fand heraus, daß er über eine spezielle Funktion verfügte: Ähnlich wie moderne Wecker reagierte er auf Geräusche. Wenn man ihm zum Beispiel nach seinem Auftritt kräftigen Applaus spendete, wiederholte der Baum sein Programm. So oft man wollte, übrigens. Bevor ich mich vorläufig wieder von ihm trennte, schaltete ich ihn also nicht aus, sondern beließ ihn sozusagen in Wartestellung.

Anschließend bezähmte ich mich für eine gute Stunde, in deren Verlauf ich fröhlich ein gewisses Weihnachtslied vor mich hin summte. Dann suchte ich erneut die Kollegen auf. Mißtrauen schlug mir entgegen, doch ich würdigte ihr Spielzeug keines Blickes, sondern brach ohne Umschweife eine Diskussion über kulturpolitische Angelegenheiten vom Zaun. Unter Verwendung einiger haltloser Vorwürfe hatte ich den Laden schnell in eine zunehmend lauter werdende Auseinandersetzung verstrickt. In Baumnähe gelang es mir dann, einen der Anwesenden so sehr zu provozieren, daß er seine Entgegnung auf meine schwachsinnigen Argumente mit einem gezielten Faustschlag auf die Tischplatte unterstrich. Es war herrlich: Der Baum reagierte auch auf Erschütterung! Das hatte ich bisher nicht gewußt.

Leider wurde ich nach diesem schönen Erlebnis mit einem Hausverbot belegt. Zurück an meinem Platz, grübelte ich, wie ich den Baum trotzdem zum Singen bringen könnte. Das Telefon klingelte: Die Hausmeisterin vermißte ihren Werkzeugkasten. Hatte sie ihn bei mir stehengelassen? Nein, antwortete ich. Aber, schlug ich vor, vielleicht irgendwo auf meiner Etage? Sie sollte besser einmal nachsehen, sagte ich, und außerdem könne sie bei dieser Gelegenheit im Zimmer des Herrn Klein ein wahres Wunderwerk der Technik in Augenschein nehmen, eine überaus raffinierte elektronische Weihnachtsbaumkonstruktion, die müsse sie sich unbedingt vorführen lassen ...

Nur wenige Minuten später marschierte sie an meiner Glaswand vorbei durch den Flur. Ich folgte in ihrem Windschatten und machte mich neben dem Wunderbaumbüro am Fotokopierer zu schaffen.

Es ist sehr schwer, wenn nicht gar riskant, Hausmeisterinnen eine Bitte abzuschlagen. Schließlich kann schon morgen ein Bücherregal zusammenbrechen oder ein Telefon defekt sein – wenn also eine Hausmeisterin eine musikalische Tanne singen hören will, so lautet die Regel, dann läßt man besser alles stehen und liegen und ist ihr zu Gefallen. Ich sah zu, wie sich meine Kollegen mit zusammengebissenen Zähnen an die Gesetze hielten, und sang draußen voller Inbrunst mit. »Jingle Bells, Jingle bells, tatata-tamm.«

Im Laufe der nächsten Stunden mobilisierte ich das gesamte Haus. Dabei entdeckte ich mein bisher verborgenes Organisationstalent: Das große Interesse an der einmaligen Weihnachtsshow erforderte einen perfekten Zeitplan. Es gelang mir, die Besuchergruppen so zu koordinieren, daß sie sich gegenseitig nicht behinderten, und ich ermunterte sie, sich auf keinen Fall abweisen zu lassen. Es ginge schließlich nur um zwanzig Sekunden Vergnügen, soviel Zeit müsse sein. In regelmäßigen Abständen traten so immer wieder Abordnungen an, den Baum zu bewundern und Zugaben einzufordern, und jedesmal kam auch ich zufällig des Weges. Gegen Feierabend mischte sich zwar dann und wann ein störendes Schluchzen in die schöne Melodie – insgesamt aber war die Veranstaltung einer voller Erfolg, und ich ging an diesem Tag sehr zufrieden nach Haus.

Die singende Geierpute

Einen singenden Weihnachtsbaum habe ich in Irland noch nicht erlebt, aber ansonsten singt alles um diese Jahreszeit, was einen Schnabel hat, selbst ein Truthahn, doch dazu komme ich gleich. Ab November kannst du der Weihnachtsliedberieselung nicht mehr entrinnen. Im Radio, im Fernsehen, im Supermarkt, am Telefon in der Warteschleife – überall festliches Gedudel. Dem kannst du nur offensiv mit Anti-Weihnachtsliedern begegnen, Carola. Wenn wildfremde Leute anrücken, um dir fröhliche Weihnachten zu wünschen, legst du einfach das Duett »Fairytale of New York« von den Pogues auf, die Scheibe liegt auf dem Plattenspieler. Damit nimmst du auch der entschlossensten Weihnachtsfrohnatur den Festwind aus den Segeln:

»Du bist ein Arsch / du bist ein Punk / du bist eine alte Schlampe auf'm Trip / liegst da halbtot am Tropf / in diesem Bett.« »Du Abschaum / du Made / du billiger, lausiger Schwuler / fröhliche Weihnachten am Arsch / ich bete zu Gott / daß es unser letztes ist.«

Wenn dir jemand christlich-festlich kommt, dann hilft nur noch Dick Gaughan: »Ich bin die Antwort, sagte Jesus / und ihr, die ihr hungert, denkt daran / eure Belohnung wartet im Himmel. / Jesus predigte die andere Welt / doch Judas wollte diese / und er verriet seinen Herrn mit einem Kuß. / Erhebt euch im Namen Judas' / und der Sache, der

Judas diente / Es war Jesus, der die Armen betrogen hat / mit seinem Wort.«

Zu den »Carol Singers« solltest du aber freundlich sein. Die Kinder aus der Nachbarschaft ziehen am letzten Adventssonntag von Haus zu Haus und singen Weihnachtslieder. Die Leute kommen aus ihren Häusern und begleiten den Chor, irgend jemand hat eine Flasche Whiskey dabei, und wenn es gut organisiert ist, steht am Ende des Umzugs ein Eimer Glühwein zum Aufwärmen für die Erwachsenen bereit sowie ein altes Faß mit einem Feuer, an dem sich die Kinder aufwärmen können.

Die Kinder erwarten kleine Geschenke, eine Spende für den Jugendclub vielleicht, oder ein paar Süßigkeiten. Früher lief das offenbar umgekehrt, der Schriftsteller Patrick Macrory ist als Kind zu Weihnachten mit dem Dorfchor von Haus zu Haus gezogen und hat kleine Geschenke verteilt: »Zuweilen waren die Mißklänge so schrecklich, daß der kleine Chor in hilfloses Gekicher ausbrach, während der Chorleiter, wie wild auf seiner Ukulele klimpernd, sie ärgerlich anzischte: ›Singt, verdammt noch mal! Oh, warum könnt ihr nicht richtig singen!?‹

Schon lange bevor wir am Ende der ersten Strophe von ›Good King Wenceslas‹ ankamen, öffnete sich die obere Halbtüre des Häuschens und ließ das warme gelbe Licht der Öllampen in das Dunkel hinausströmen, und das bewundernde Publikum steckte die Köpfe hinaus. Sie schienen nicht sonderlich irritiert durch unser heiseres Gekrächze, und wenn sie nicht darauf erpicht waren, das Lied bis zu Ende zu hören, dann wohl deshalb, weil ihr Hauptinteresse auf der Verteilung der Geschenke lag. Sie wußten, daß das folgte, wenn man uns nur zur Beendigung unseres Singens überreden konnte. Die Hände streckten sich eifrig danach aus, manchmal allzu eifrig, wie zum Beispiel als eine Flasche Portwein James Mullans zittrigen Fingern entglitt und auf dem mit Steinfliesen belegten Boden zerplatzte.«

Schlimmer noch als der schräge Gesang der Carol Singers war jedoch der Weihnachtshit, der in Irland vor ein paar Jahren sein Unwesen trieb. Schon Monate vor Weihnachten berieselte man die Bevölkerung aus Radio und Fernsehen mit Dustin, einem singenden Truthahn mit rotem Schnabel, grünem Anorak und hellblauer Pudelmütze. Die Zermürbungstaktik hatte Erfolg: Dustin und Co-Sänger Bob Geldof, ehemalige Boomtown-Ratte und Live-Aid-Organisator, standen mit »Rat Trap« an der Spitze der Charts. Dann mußte Geldof gehen, weil Dustin ihm mangelnde Körperhygiene vorwarf und den Gestank im Studio nicht mehr aushielt.

Das gehörte zum Plan. Kaum war Geldof weg, da nahm die Geflügelpuppe einen neuen Song, »Christmas Tree«, alleine auf. Zu Weihnachten stand es auf der Hitliste ganz oben, es wurde zum meistgespielten Lied aller Zeiten: Ob in Talk-Shows oder Kindersendungen, ob in der Bahnhofshalle, ob im Wartezimmer beim Arzt oder auf der Flughafentoilette – überall plärrte die Pute aus dem Lautsprecher. Das häßliche Tier war so populär, daß es bei einer Nachwahl in der Grafschaft Cork mehr Stimmen bekam als Austin Currie von der konservativen Fine Gael. Von einem Truthahn im Anorak besiegt – kann ein Politiker noch tiefer sinken?

Schlimmer war, daß sämtliche Nichten, Neffen und Nachbarskinder die rechtzeitig zum Fest erschienene Langspielplatte des musizierenden Federviehs auf dem Gabentisch gefunden haben. So entpuppte sich der traditionelle Umtrunk am Weihnachtsmorgen als Spießrutenlauf. Wo man auch hinkam, Dustin war schon da. Nachher komme er in die Bratröhre, erklärte ich dem Nachbarssohn entnervt. »Gar nicht wahr«, brüllte Kieran entsetzt, »man kann ihn überhaupt nicht essen. Er ist nämlich eine Geierpute!« Daß er ein Rabenaas ist, hatte ich vermutet, aber ein Aas fressender Truthahn?

Apfelkuchen bei Bornemanns

Auch die Polizei hat an den Weihnachtsfeiertagen viel zu tun. Die Palette der Vorkommnisse, bei denen übergeordnete Instanzen an den Festtagen einschreiten müssen, reicht vom ruhestörenden häuslichen Streit bis hin zum Amoklauf. Ich finde das gar nicht so verwunderlich: Im Grunde genommen steht nirgendwo geschrieben, wer eigentlich genau beim Fest der Liebe geliebt werden soll. Auch ist nicht festgelegt, wie lange dieser Zustand anhalten muß. Allgemein ist man hierzulande aber der Ansicht, die weihnachtliche Liebe habe sich vor allem auf die Familie bzw. die engere Verwandtschaft zu erstrecken.

Während jedoch Heiligabend in vielen Familien einem kleineren Zirkel vorbehalten ist, der in dieser Konstellation bereits einige Belastungsproben bestanden hat, treffen am ersten und zweiten Weihnachtsfeiertag Menschen aufeinander, die sehr ungeübt im Umgang miteinander sind. Und während in der klassischen Vater-Mutter-Kind-Konstellation ausreichende Mittel vorhanden sind, um einen Konflikt abzuwenden, steht der um diverse Verwandte erweiterten großen Familienrunde nicht einmal das Fernsehgerät zur Verfügung. Denn Fernsehen gehört sich nicht, wenn sich die Familie trifft. Also müssen sich alle unterhalten: jeder mit jedem.

Das aber ist gar nicht so einfach – worüber soll man mit Leuten reden, die man kaum kennt? Jede Konversation im Betrieb oder im Sportverein läßt sich leichter bestreiten als ein Gespräch mit dem Onkel mütterlicherseits, dessen Beruf man vergessen hat und von dem man nur weiß, daß er ein begeisterter Angler ist. Der Onkel wiederum respektiert keine Grenzen – es bleibt ja alles in der Familie – und fragt den ganzen Abend nach einem Thorsten, über den man aus gutem Grund nicht mehr sprechen möchte.

Ich bin einmal in eine Familienweihnachtsfeier geraten, auf der es zwar nicht zu einer Schießerei, aber immerhin zu einem kleinen Eklat gekommen ist. Es war an einem zweiten Weihnachtsfeiertag, als ich nachmittags bei den Eltern meiner Freundin Sabine vorfuhr, um sie und ihren neuen Freund Volker abzuholen: Wir wollten gemeinsam nach Berlin zurückreisen. Als ich eintraf, empfing mich jedoch Sabines Mutter und teilte mir aufgeregt mit, die beiden hätten das Haus schon vor dem Mittagessen verlassen. Sabine sei fuchsteufelswild gewesen – niemand wisse genau warum –, und es läge auch ein Brief für mich da, aber ich sollte doch bitte hereinkommen zu Kaffee und Kuchen.

Ich folgte ihr ins Wohnzimmer, wo sie mir die Familie vorstellte und mir Sabines Brief übergab. »Ich halte es hier keine Sekunde länger aus«, stand darin, »hol uns bitte aus der Bahnhofskneipe ab, wir warten da.«

»Und?«

»Hier steht nur, wo wir uns noch treffen«, log ich.

»Ich weiß nicht, was in sie gefahren ist«, meinte die Mutter, »das ist alles wirklich sehr unangenehm.« Die einzige etwas brenzlige Szene, an die sie sich erinnerte, hatte sich erst vor wenigen Stunden abgespielt und konnte unmöglich der Auslöser für Sabines vorzeitigen Aufbruch gewesen sein. Das war in der Küche, diese

Reiberei mit Schwägerin Cornelia. »Wir haben das Frühstücksgeschirr weggeräumt. Zwischendurch ist mein Mann 'reingekommen, aber den habe ich wieder weggeschickt, weil es nichts für ihn zu tun gab. Cornelia hat dann gemeint, so würde sie das mit Rüdiger auch immer machen, wenn der wieder im Weg herumstehen wollte, das hätte er dann wohl von seinem Vater. Sabine hat da komisch geguckt, aber nichts gesagt. Dann hat Cornelia noch erzählt, daß Rüdiger jetzt endlich seine Hemden nicht mehr selbst aussucht, sondern daß sie ihm die besorgt und Sabine gefragt, wie sie es in der Hemdensache mit ihrem Freund hält. Sabine hat dann gesagt, sie soll Volker doch selbst fragen, ob er noch was alleine machen darf.«

Das sei natürlich nicht nett von Sabine gewesen, meinte die Mutter, das habe sie ihr auch gesagt. »Es ist ja auch sehr fürsorglich von Cornelia, Rüdiger die Hemden zu besorgen.« Cornelia hätte dann aber auch das Thema gewechselt. »Ich weiß nicht mehr genau, worum es ging.«

»Um euren Urlaub«, erinnerte sie Cornelia. Sabine habe vorher »vielleicht ein bißchen überreagiert«, aber sonst hätten sie sich »die ganze Zeit normal unterhalten.« Cornelia dachte kurz nach. »Ich bin ja ein Familienmensch«, erklärte sie, »und ich finde, Weihnachten in der Familie muß sein. Deshalb bin ja auch Heiligabend erst mit Rüdiger zu meinen Eltern gefahren und dann hierher. Es ist dann schon ein bißchen stressig, wenn man am nächsten Tag gleich noch 600 Kilometer fahren muß und wenn Sophie im Auto quengelt, aber das ist es mir wert. Ich meine, man gehört schließlich zusammen, nicht wahr?« Sie lächelte mich freundlich an. »Ein richtiges Gespräch hatte ich nur mit Volker, das war gestern. Den kannte ich ja noch gar nicht. Er wirkte etwas schüchtern am Anfang, und da hab ich mich ein bißchen um ihn gekümmert, ihn gefragt, was er so macht und was Sabine und er für Pläne haben – Rüdiger könnte da bestimmt was für Volker tun in seiner Firma. Für den Jan natürlich auch, aber der studiert ja noch – obwohl, er müßte eigentlich wissen, daß es für Geisteswissenschaftler schlecht auf dem Arbeitsmarkt aussieht. Und Volker – ich glaube, der müßte schon ein bißchen disziplinierter werden. Zum Beispiel hat er sich zwischendurch ein Bier geholt, und da war es doch erst vier Uhr.«

Jan, Sabines jüngerer Bruder, warf mir einen kurzen Blick zu. Als er sah, daß ich nicht schockiert war, mischte er sich in die Hintergrundberichterstattung ein. Er hatte, »ehrlich gesagt, überhaupt nichts mitbekommen«, weil er sich »ein bißchen vom Studium erholen wollte. Außerdem muß ich noch eine Menge CDs durchhören, denn ich leg' jetzt in einem neuen Club auf und bin deshalb überhaupt noch nicht dazu gekommen, mal mit Sabine zu reden; ich wollte sie ohnehin demnächst in Berlin besuchen, mit ein paar Freunden. Eigentlich wollte ich heute mal mit ihr spazierengehen. Naja, das wird wohl nichts mehr.«

»Du kannst mit mir spazierengehen«, schlug Herr Bornemann vor – er hatte sich als »Onkel Bornemann« vorgestellt. Schließlich ginge doch »nichts über eine Stunde an der frischen Luft.«

»Ja, mal sehen«, sagte Jan.

»Mal sehen«, brummte Herr Bornemann, »mal sehen. Genau wie deine Schwester. Komm doch mit, habe ich gestern noch gesagt, so ein Spaziergang tut dir gut. Für den Körper ist es eine wahre Wohltat, und auch für die Seele. Gehen Sie gern spazieren?« wandte er sich an mich. Ich wackelte ein bißchen mit dem Kopf, um weder ja noch nein sagen zu müssen. »Ich gehe jeden Tag spazieren«, blieb Herr Bornemann beim Thema, »genau eine Stunde munter ausschreiten, das ist meine Devise. Die Leute wären viel seltener krank, wenn sie sich daran halten würden. Heutzutage sitzen alle zu viel in der Wohnung herum, das bekommt einem nicht. Der Mensch ist nicht zum Stubenhocker geboren! Früher hat er sich viel selbstverständlicher an der frischen Luft aufgehalten. Das habe ich auch Sabine gesagt. Gerade wenn du in der Großstadt wohnst, habe ich gesagt, ist es wichtig, sich draußen zu bewegen. Und zwar auch, wenn es regnet. Deshalb wollte sie nämlich nicht mitgehen, weil es geregnet hat. Was ja lächerlich ist. Wir sind doch nicht aus Zucker, nicht wahr?«

Glücklicherweise unterbrach Sabines Vater den Naturburschen und verlangte nach einen weiteren Stück Apfelkuchen. »Sie kennen sich von der Arbeit?«, fragte er mich dann. Ich bestätigte, daß ich Sabine in meiner früheren Firma kennengelernt hatte. »Ja, ja« sagte der Vater und zerteilte zufrieden seinen Kuchen. Ich wartete, ob er weitersprechen wollte, aber er schwieg.

»Möchten Sie vielleicht auch noch?« fragte Frau Bornemann.

»Keks«, quiekte es vom anderen Ende des Tisches.

»Du hast schon ganz viele Kekse gegessen«, lehnte Cornelia ab, »du kannst noch einen Apfel bekommen.«

»Sophie will noch Kekse«, freute sich Frau Bornemann und schob dem Kind einen großen Teller mit Zimtsternen zu. »Wissen Sie, das muß in der Familie liegen. Alle Bornemanns sind verrückt nach Süßigkeiten, nicht wahr, Cornelia? Ich wette, du mußt immer etwas für Rüdiger zum Naschen zuhause haben. Ich kenne doch meinen Neffen.«

»Rüdiger, Sophie und ich ernähren uns gesundheitsbewußt«, sagte Cornelia und nahm ihrer Tochter den Teller wieder weg.

»Weiß ich doch«, beruhigte sie Frau Bornemann,

»aber das ist trotzdem Rüdigers drittes Stück. Schon als er noch klein war, hat er so viel verdrückt, wenn er bei uns zu Besuch war. Und die Sabine...«

»Das hast du gestern schon beim Abendessen erzählt«, unterbrach sie ihr Ehemann.

»Du weißt doch noch gar nicht, was ich sagen will! Also, der Sabine hat es damals immer so gut gefallen, wenn wir in den Garten gefahren sind. Wir haben nämlich einen Garten. Und als sie so sieben, acht Jahre alt war, da ist sie einmal mit ganz vielen grünen Birnen zu mir gekommen! Die hatte sie selbst gepflückt, und daraus sollte ich dann einen Kuchen machen, aber die waren ja noch ganz hart, die Birnen! Ganz enttäuscht ist sie da gewesen, die kleine Sabine«, seufzte Frau Bornemann. »Siehst du«, triumphierte sie, »das war die Geschichte. Gestern habe ich die mit dem Nachbarsjungen erzählt, in den Sabine so verliebt war.«

»Ja, ja«, sagte Sabines Vater.

Ich trank meinen Kaffee aus und sagte, ich müßte mich langsam auf den Weg machen.

»Ich packe Ihnen etwas zu essen ein«, bot Sabines Mutter an, »das macht gar keine Mühe.«

Ich lehnte höflich ab und stand auf. Sabines Bruder Rüdiger begleitete mich zur Tür. »Von mir aus könnte man Weihnachten ausfallen lassen«, meinte er. »Oder einfach mal wegfahren, ein paar Tage in die Sonne. Aber meine Frau liebt diese Feiern. Naja, und ist ja auch ganz nett, sieht man halt mal alle wieder, vor allem den Onkel, der ist ja ganz schön alt jetzt. Und sonst ist ja alles so wie immer. Das Kind kann mit seinem Opa spielen, muß man sich nicht groß drum kümmern. Dann macht man mit Onkel Bornemann noch einen kleinen Spaziergang, und dann gibt es Abendessen. Ich begreife überhaupt nicht, was da diesmal los gewesen sein soll. Ich fand, es war alles wie sonst auch.«

Die Familie stand am Fenster und winkte zum Abschied. Ich fuhr so schnell wie möglich Richtung Bahnhof, um meine Freunde zu retten.

Kaufrausch und eine tote Katze

Manche Menschen sind gut organisiert. Wenn im Januar der Schlußverkauf beginnt, kaufen sie die Geschenke für das nächste Weihnachtsfest. Ich habe das auch mal probiert. Ende Januar hatte ich alles beisammen und versteckte es gut, denn es sollte ja elf Monate verborgen bleiben. Das blieb es auch, aber nicht nur elf Monate, sondern fast zwei Jahre, denn ich hatte meine Einkäufe längst vergessen. Als ich sie zufällig wiederfand, waren die Kinder zu alt für Bauklötzchen und Puppengeschirr.

Außerdem gehört der Nervenkitzel des Einkaufs in letzter Minute zu Weihnachten. Am Heiligabend sind die Geschäfte in Dublin bis 18 Uhr geöffnet, und wer dann noch nichts gefunden hat, ist selbst schuld. Eine Bekannte von mir ist Verkäuferin in einem Warenhaus. »Die Böke«, erzählte sie, »schleichen am Heiligabend um den Unterwäschestand und besorgen schnell noch ein Höschen für die Gattin – entweder in Rot oder in Schwarz, weil sie das scharf finden. Kaum machen die Geschäfte nach den Feiertagen wieder auf, stehen die beschenkten Gattinnen Schlange, um das Traumpräsent wieder umzutauschen.«

Sehr beliebt bei Menschen ohne Geschenkideen sind »Hampers«, Geschenkkörbe mit einem Sammelsurium von Marmelade, Tee, Kaffee und anderen Dingen des täglichen Bedarfs. Irgend etwas wird schon dabeisein, das der Beschenkte gebrauchen kann. Mit einem Buchgutschein ist man auch fein raus. Und wenn man den Musikgeschmack des zu Beschenkenden kennt, kann auch nichts mehr schiefgehen: Jeder Musiker und jede Band bringen zu Weihnachten eine neue Scheibe heraus, denn das Geschäft des Jahres will sich niemand entgehen lassen. Der Nachteil: Ein Oasis-Fan bekommt die neue Platte seiner Lieblingsband vermutlich ein halbes dutzendmal zu Weihnachten, obwohl er natürlich der erste war, der sie sich im Plattenladen gekauft hat, denn sonst wäre er ja kein richtiger Fan.

Ich hatte meinem Vater einmal zwei weiße Mäuse zu Weihnachten geschenkt, weil mir nichts Besseres eingefallen war. Alles wäre besser gewesen. Kaum war das Fest der Liebe vorbei, da zeigte er den beiden Nagern die rote Karte. Ich brachte sie bei einer Freundin unter, und zwei Tage später hatte sie vierzehn Mäuse: Das Weibchen war schwanger gewesen. Die Nachkommen waren so winzig, daß sie mühelos durch die Gitterstäbe des Wellensittichkäfigs paßten, in dem wir die Mäuse untergebracht hatten. Schon am nächsten Tag waren alle verschwunden, bis auf die Eltern, die durch das Gitter nicht hindurchpaßten. In den folgenden Tagen machten sich die Mäuse im ganzen Berliner Altbauhaus breit. Drei nagten das Stromkabel für die Treppenhausbeleuchtung durch, zwei weitere fielen der Hauskatze zum Opfer, und der kleinste wurde in einer Schale mit Kartoffelbrei bei den Nachbarn gefunden. Der gellende Schrei der Nachbarin deutete auf eine geplante Räumungsklage hin, die aber bei der gemeinsamen Silvesterparty noch abgewendet werden konnte.

Auch scheinbar normale Geschenke haben ihre Tükken. Hast du schon mal versucht, ein Puppenbett für eine Zweijährige zusammenzubauen, Carola? John, Anne, Áine und ich versuchten das am Heiligabend, es sollte ein

Geschenk für Johns kleine Nichte sein. Natürlich wurde dabei die eine oder andere Flasche Wein geöffnet, aber daran allein lag es nicht, daß wir die kryptische Bauanleitung nicht verstanden. Vier Erwachsene bastelten drei Stunden an der Miniatur-Schlafgelegenheit, und das unter Zeitdruck, denn der Weihnachtsmann sollte das Ding ja in der Nacht bringen. Als wir verzweifelt aufgeben wollten, bemerkten wir, daß John die ganze Zeit auf einem kleinen, aber entscheidenden Teil des Puppenbettes gesessen hatte.

Kinder sollte man ab Mitte November vom Fernseher fernhalten, denn ab dann setzt die Gehirnwäsche ein: Das tägliche Kinderprogramm wird alle paar Minuten durch irgendeine Werbung für gräßliche Weihnachtsgeschenke unterbrochen, und alle müssen den Transformer haben, der sich durch Umklappen verschiedener Teile von einem niedlichen Roboter in einen intergalaktischen Kampfpanzer verwandeln läßt. Ein anderes Jahr waren es Wasserpistolen, aber nicht die harmlose Sorte, die es früher gab. Eigentlich waren es Wasser-Maschinenpistolen mit mehreren Atmosphären Druck, die das sonntägliche Erwachen zu einer völlig neuen Erfahrung machten. Höhepunkt der Spielzeugwerbung war die Toy Show, bei der Moderator Gay Byrne jedes Jahr im Dezember Kinder fünf Stunden lang Spielzeug testen ließ. Byrne hatte 30 Jahre lang jeden Freitag seine eigene Fernsehshow, die zu manchen gesellschaftlichen Veränderungen beigetragen hat – einmal stülpte er sich ein Kondom über den Zeigefinger, obwohl Verhütungsmittel damals noch illegal waren in Irland. Im Sommer 1999 hat er sich pensionieren lassen, vermutlich hat die Aussicht auf eine weitere Toy Show seine Entscheidung beeinflußt.

Für Grundschullehrer ist der erste Schultag nach den Weihnachtsferien die Hölle, denn an dem Tag bringen alle ihre Weihnachtsgeschenke mit. Wenn gerade etwas in Mode ist, das viel Krach macht, flüchtet so mancher Pauker in den Alkohol. Das hätte ich auch am liebsten getan, als wir einmal am vierten Advent, die Kinder waren noch klein, mit dem Auto vom Besuch bei Freunden an der Westküste nach Dublin zurückfahren wollten. Im letzten Moment reichten die – inzwischen ehemaligen – Freunde eine Trompete, eine Rassel und eine Trommel durch das Seitenfenster. »Weihnachtsgeschenke für die Kinder«, meinten sie hämisch. Die Fahrt werde ich nie vergessen.

Am schlimmsten ist es vor Weihnachten jedoch in den Supermärkten. Die Iren kaufen Lebensmittel ein, als ob die Geschäfte erst im Februar wieder öffneten. Früher, bevor der Konflikt in Nordirland ausbrach, fuhren die Nordiren in den Süden, um vor allem Butter einzukaufen. Der Friedensnobelpreisträger John Hume aus Derry erzählte mir, wie seine Mutter und seine Tante ihn über die Grenze mitnahmen, er war damals vielleicht zehn. Auf der Rückfahrt wurde der Grenzbeamte mißtrauisch, weil der kleine Hume ihn unverfroren angrinste. Er mußte mit Mutter und Tante in das gutbeheizte Zollbüro, und nach einer Viertelstunde lief allen drei die geschmolzene Butter an den Beinen herunter. Es war das einzige Mal, daß er von seiner Tante verhauen worden sei, sagte er.

Butter war nur ein Punkt unter vielen auf der Einkaufsliste von Karenas Mutter Carmel, der Kaufrausch hatte sie besonders schlimm erwischt. Als das erste irische Einkaufszentrum in Cornelscourt bei Dublin in den sechziger Jahren kurz vor Weihnachten aufmachte, stürzte sie sich ins Gedrängel, um genügend Nahrungsmittel für die Verwandtschaft und die Nachbarschaft obendrein einzukaufen. Man konnte ja nie wissen, wer über die Feiertage vorbeischauen würde, und nichts wäre in diesem Moment peinlicher als ein leerer Kühlschrank. Nur den Truthahn wollte sie erst am Heiligabend kaufen, weil er dann billiger sei, wie sie glaubte. Von diesem Fiasko war ja schon die Rede.

Jedenfalls hatte sie zwei Einkaufswagen randvoll mit braunen Papiertüten – es war noch vor der Erfindung von Plastiktüten – gepackt. Während ein Angestellter des Supermarktes auf einen Wagen aufpaßte, schob sie den anderen zu ihrem Auto und lud die Tüten in den Kofferraum. Da bemerkte sie eine Frau, die mit dem Einladen ihrer Einkaufswaren zwar fertig war, aber unschlüssig auf und ab ging und eine braune Papiertüte anvisierte, die auf der Kühlerhaube eines anderen Autos stand. Offenbar hatte jemand seine Einkäufe vergessen. Im nächsten Moment griff sich die Frau die Tüte und ging mit zügigen Schritten zu ihrem Auto. »Das nenne ich Weihnachtsgeist«, dachte sich Carmel, »da klaut sie irgendeiner armen Person die volle Einkaufstüte.«

Als Carmel nach einer Viertelstunde ihren zweiten Einkaufswagen durch die Menge zum Parkplatz bugsiert hatte, fuhr gerade ein Krankenwagen vor. Die Sanitäter sprangen heraus und liefen zum Auto der Tütendiebin, die offenbar in Ohnmacht gefallen war, bevor sie das Weite suchen konnte. »Geschieht ihr recht«, dachte sich Carmel. Die Sanitäter schoben die Frau in den Krankenwagen, als einer von ihnen die braune Tüte neben dem Auto liegen sah. Er hob sie auf und legte sie zu der Ohnmächtigen auf die Tragbahre.

Zwei Tage später sprach Carmel bei der Arbeit mit einer Kollegin. Ihr sei etwas Merkwürdiges passiert, erzählte die Kollegin. Sie habe auf dem Weg zum Einkaufszentrum in Cornelscourt eine Katze überfahren, hielt an und klopfte an den umliegenden Häusern, um den Besitzer zu ermitteln. Eine ältere Dame bestätigte schließlich, daß es sich um ihre Katze handelte, bat die Kollegin jedoch, sie zu entsorgen, weil die Enkelkinder das tote Tier nicht sehen sollten. Die Kollegin ließ sich eine braune Papiertüte geben. Als sie beim Einkaufszentrum ankam, stellte sie die Tüte vorübergehend auf der Kühlerhaube ab, damit sich der Geruch der toten Katze nicht im Auto ausbreiten konnte. »Stell dir vor, als ich mit meinen Einkäufen zurückkam, war die Katze verschwunden.«

Plädoyer

Ich gebe mich schon jetzt geschlagen, obwohl mein letztes Wort noch nicht gesprochen ist. Irische Weihnachten sind nicht zu überbieten. Aber eines gibt es noch, das gesagt werden muß – und ich nehme an, ich spreche sogar in deinem Sinne:

Tanten, Großmütter!
Wer zwingt Euch, Euren mißratenen Neffen oder Enkeln Weihnachtsgeschenke zu machen? Wer bedrängt Euch so arg, daß Ihr zum Jahresende Eure Gesundheit aufs Spiel setzt, indem Ihr Euch in den Nahkampf an den Wühltischen der Kaufhallen begebt? Wo es Männerunterhosen im Fünferpack gibt? Wer verlangt von Euch, gleich fünf türkisfarbene Männerunterhosen mit weißen Streifen zu kaufen bzw. drei hellblaue und zwei rote mit dem Aufdruck »New York«? Und wer jagt Euch solche Angst ein, daß Ihr anschließend im Drogeriemarkt noch zwei Flaschen Nivea After-shave an die Kasse tragen müßt? Wer läßt Euch in Unkenntnis darüber, wie viele Weihnachten allein eine Flasche vorhält?

Tanten, Großmütter: sagt's mir. Ich schwöre Euch, Ihr werdet nie wieder belästigt werden. Und die Welt wird besser aussehen und besser riechen.

Weihnachten – ein Selbstversuch

»Hm …«, Herr A. runzelt die Stirn, »so 5 bis 6 werden Sie schon brauchen …«

Es ist Mitte Juli – brüllend heiß – doch der freundliche Herr hinter dem Kühltresen stellt keine dummen Fragen – er ist ein Profi.

Wenn jemand eine Gans für 9 Personen braucht, bekommt er sie, auch bei 40 Grad im Schatten. Herr A. ist der Geflügelhändler meines Vertrauens und versorgt mich schon seit vielen Jahren mit den kleinen (Stubenküken) bis großen (Strauß) gefiederten Leckereien dieser Welt.

Wenige Tage später ist sie da, und sie hat nicht 5 bis 6, sondern satte 6,25 Kilogramm Totgewicht. Unangeleint wechsle ich bei Tieren dieser Größenordnung normalerweise die Straßenseite.

Herr A., stolz ob meiner ehrfurchtsvollen Erstarrung angesichts dieses beachtlichen Vogels, kassiert, wünscht mir einen schönen Abend – und stellt keine Fragen…

Ich mir schon: Wer, zum Teufel, ist eigentlich auf die hirnrissige Idee gekommen, an einem Abend, den man lieber bis zur Unterlippe in einem kühlen See verbringen sollte, ein Weihnachtsessen zu veranstalten?

– Frau Rönneburg, deren Wohnung hinterher knöcheltief mit Gänseschmalz bedeckt sein wird?

– ich, der ich, laut Herrn A., mindestens vier Stunden lang dieses Tier am heißen Backofen bewachen und bauchpinseln muß?
– oder Herr Sotscheck, der überaus bereitwillig aus der kulinarischen Diaspora herübergejettet kommt, nur um sich an den unter Köstlichkeiten und Alkoholika ächzenden, fertig gedeckten Tisch zu setzen?

Egal – ich schultere meine Beute und mache mich auf den Weg, um mit guten Freunden, wie Witwe Bolte so schön formulierte:, »die Verstorbne, die hienieden schon so frühe abgeschieden, ganz im stillen und in Ehren gut gebraten zu verzehren.«

Da liegt sie nun: prall gefüllt mit Äpfeln, Eßkastanien und Pflaumen, gesalzen, gepfeffert und sauber vernäht. (Das gäbe keine Narben!) Jetzt mit vereinten Kräften in den größten Bräter gezwängt und ab in die Röhre.

Frau Rönneburg köchelt frischen Rotkohl auf kleiner Flamme (»Wofür sie ganz besonders schwärmt, wenn er wieder aufgewärmt«), Frau Hoffmann, die Mutter aller Teige, formt mit magischen Händen Specksemmelknödel, Frau Gans beginnt leise vor sich hin zu schmurgeln, und ich lampenfiebre um den Herd herum.

Noch drei Stunden, bis die Gäste kommen! Zur allgemeinen Nervenberuhigung verteilt Frau Rönneburg kleine Leckereien und selbstgebraute Alkoholika. Wohliger Essensgeruch erfüllt die ganze Wohnung, Rotkohl und Gans mischen sich zu speicheltreibendem Duft, Erinnerungstürchen öffnen sich – und da ist es plötzlich: das Weihnachtsgefühl! Wie früher! Die nervöse Hektik in der Küche, die Vorfreude auf ein üppiges Essen, auf einen besonderen Abend, der auf keinen Fall in die Hose gehen darf... und dieser Duft!

Und schon sind die Gäste da, drängeln sich an die festlich geschmückte Tafel, wir schlemmen, trinken, schwatzen, lachen, und als Herr Sotscheck auch noch kleine Eisenbahnen und Puppenstubenwhiskeyflaschen an alle verschenkt, leuchten reihum große glückliche Kinderaugen, und alle sind sich einig: Weihnachten ist machbar, Herr Nachbar!

Und die Gans? Oh ... die Gans ... na ja ... die Gans ... Haben Sie schon einmal gesehen, wie sich eine erstklassige Geflügelschere verbiegt?

Aber Weihnachten ist ja auch die Zeit der Vergebung ...

TOM Körner, Weihnachten, im Sommer 1999.

Literatur

Bald ist Weihnachten. Köln 1983.

Brillat-Savarin, Jean A. *Physiologie des Geschmacks oder Betrachtungen über das höhere Tafelvergnügen.* Frankfurt 1998.

Kerlen, Dietrich (Hg.). *Irische Weihnachtserzählungen.* Gütersloh 1993.

Schnack, Elisabeth (Hg.). *Irische Weihnacht.* Zürich 1977.

Schneider, Jürgen. *Irisch Kochen.* Münster 1999.

Zumbach, Frank T. (Hg.). *Paddy's Weihnachts-Party.* München 1996.